나도
편하게
살고
싶다

나도 편하게 살고 싶다

초판 1쇄 발행 | 2015년 1월 28일
초판 2쇄 발행 | 2015년 3월 11일

지은이 | 이호선
발행인 | 이원주

임프린트 대표 | 김경섭
기획편집 | 한선화 · 김순란 · 강경양 · 한지은
디자인 | 정정은 · 김덕오 · 최소은
마케팅 | 노경석 · 조안나 · 이철주 · 이유진
제작 | 정웅래 · 김영훈

발행처 | 미호
출판등록 | 2011년 1월 27일(제321-2011-000023호)

주소 | 서울특별시 서초구 사임당로 82
전화 | 편집 (02) 3487-1151 · 영업 (02) 2046-2800
팩스 | 편집 (02) 3487-1161 · 영업 (02) 588-0835

ISBN 978-89-527-7263-3 03810

대한민국 여자들의 힐링 멘토,
이호선의 애정 어린 돌직구!

나도
편하게
살고
싶다

이호선 지음

미흠

치사한 일상 앞에
답이 보이지 않는 여자들에게

슬프지만 우리의 현실은 별로 달라지지 않았고 앞으로도 별 볼일 없을 것 같다. 성형도 원판 불변의 법칙이 있다 하고, 남편은 결혼 전 그가 아니며, 낳고 키운 아이는 진화에 역행하고, 시어머니는 겪어도 겪어도 새롭다. 일상은 역사처럼 반복되고 그 주기는 너무나 짧다. 나는 무의미한 우주에 던져졌고 일회용 비닐장갑처럼 쓰이고 있으며, 올해도 일회용품으로 되살아날 것이라는 생각이 머릿속을 가득 채우곤 한다. 그렇다면 우리가 들어앉은 이 힘센 현실과 진실, 의혹에 대적하고 대항할 수 있는 방법은 무엇일까?

일상의 수수께끼들에 대한 해법이 인생록 뒤편에 부록으로라도 붙어 있었으면 좋겠다. 인생에 정답지가 있다면 얼마가 들건 사고 싶다. 그리고 보면 지금까지의 삶에서 수능이 가장 쉬웠던 것 같다. 적어도 수능은 답이 있으니 말이다. 정답조차 없고, 그나마 있다는 답도 끊임없이 변형과 소멸을 반복하는 곳에서 1인 5역, 1인 6역을 해야 하는 여자들에게 세상은 더없는 고문소다. 답이라 생각하고 답이라 말하면 비난이 쓰나미로 몰려오는 이 험한 세상은 여자에게 너무 폭력적이다. 수많은 전문가와 전문 서적들이 누군가의 아내로, 누군가의 엄마로, 누군가의 며느리로, 누군가의 부하 직원으로 살아가는, '나' 이외의 다른 이름표 값을 하느라 고생하는 여자들에게 동감하고 공감하면서 현상을 논하고 사회의 혹독함을 말해왔다. 그리고 살아갈 답을 기다리는 우리들에게 '어떻게 생각하는가?'라고 주관식 질문을 던졌다. 그러나 우리는 아직 답을 못했다. 4지선다, 5지선다로 성장한 우리에게 주관식은 언제나 쥐약이기 때문이다.

수많은 자기 계발서를 통해 통찰을 얻었고, 숱한 위로 치료서를 통해 울기도 했다. 그러나 자기 계발서를 읽으면 읽을수록 우리의 일상은 더욱 비참해지고 나만 정체되고 쓰레기가 되는 것 같은 이 알 수 없는 기분 나쁨은 무엇일까? 그렇게 위로와 치료를 반복했지만 돌아온 일상은 여전히 꽉꽉하고 건조하다. '뭐든 해봐라' 하는 자기 계발서의 미션을 받고 생존을 위해 없는 돈과 시간을 쪼개 피트니스 센터에 가서 몸을 만들자니 시간이 너무 많이 걸리는 데에다 체력적으로 너무 힘들고, 자기 계발서를 읽고 성공을 꿈꾸기도 해봤지만 스트레스만 받았지 상황은 조금도 나아지지 않았다.

1년이 넘도록 간헐적 단식과 플라잉 요가를 했는데 고작 1kg 감량이 전부였고 내가 날씬해지기만을 바라며 1년을 기다린 남편의 눈빛은 그저 경악이다. 계발이라는 단어가 들어간 책만 열 권도 넘게 읽었는데 어째 거대한 사기극에 놀림당하는 것 같기만 하다. 노력이 모자란 것인지, 능력이 부족한 것인지 실패와 정체를 반복하다 보니 저절로 '학습된 무기력'에 빠져버린다. 아이는 '엄마가 해준 게 뭐가 있느냐'고 묻고, 옆에 있던 시어머니는 '나는 애아범 이렇게 안 키웠'단다. 지금까지 우리의 노력에 대한 열매 치고는 너무 혹독하다.

그러나 사람에게는 놀라운 능력이 있다. 주어진 일상과 넘치는 역할에 매몰되거나 혹은 매장될 듯 살아가면서도, 우리에게는 어느 정도의 자유가 있고 어떻게든 의미를 부여하니 말이다. 아무리 뚱뚱하고 못생겼어도, 남편이 바람을 피워도, 애가 찌질해도, 시어머니의 수명이 아무리 길어도, 이번 승진에 또 밀려도 우리에게는 여전히 남아 있는 '자유'가 있다. 그리고 우리는 그 자유에 끊임없이 의미를 부여한다. 우리가 생물학적, 심리적 한계가 있음에도 불구하고 그럭저럭 살아가는 이유는 분명 어딘가에 '답'이 있기 때문이다. 이 답은 대개 우리가 스스로를 보살피는 과정이자 내 스스로 진정한 삶을 선택하고 내 자신이 중요한 사람이 되기로 작정했기 때문에 가능한 일이었다. 이제 그 답을 좀 더 현실적으로 찾아보려고 한다.

현대의 기쁨과 만족을 지배하는 3F가 있다. 많은 자기 계발서가 말한 재미Fun, 감정Feeling, 공상Fantasy은 마음을 위로하지만 우리의 손발이 되지는 못했다. 하지만 우리에게는 언제나 일상이 남아 있다. 이 책을 덮어도 우리 앞에는 벽지 같은 남편, 스마트폰 속으로 머리를 쑤셔 넣고 있는 아들딸, 잔소리 목록을 작성하는 시어머니, 업무 보고를 독촉하는 개부장이 있다. 이 일상은 항상 지루하고 건조하며 차갑다. 우리에게는 일상을 메우고 답이 되는 해법이 필요하다. 크고 추상적인 답 말고 일상적이고 소소하고 매우 치사한 상황에 대한 답이 필요하다. 우리의 일상은 현실이고 쩨쩨하고 야비하고 유치하기 때문이다.

이제 일상에 답을 달아보자. 쿨한 척하지 말고 쩨쩨해져보자. 유치하고 졸렬한 일상에서 답을 찾고 거기에 의미를 부여해보자. 타인의 기쁨이 아니라 나의 기쁨을 찾아가는 자신감 있는 현대 여성 '플라이 칙flychick'이 되어보자.

암탉들이여, 이제 울지 말고 날자!

이호선

contents

1장

여자,

'나'를 들여다보다

벼랑 끝에 선
위기의 여자

가끔 다 때려치우고 싶다는 생각이 들 때가 있다. 나름 열심히 한다고 하는데 항상 갑질만 해대며 나를 힘들게 하는 인간들이 주변에 차고 넘치기 때문이다. 남편보다 돈을 더 많이 벌어도 가사일은 내가 더 하고, 아이들 돌보는 일도 내 담당이며, 갑작스레 아이가 아프거나 학교에서 문제가 터져도 일하다 말고 가야 하는 것 역시 나다. 일은 더 하고 대접은 덜 받고 보직은 밀리고… 대한민국에서 여자로 사는 게 원래 이렇게 힘든 걸까? 아니면 다른 여자들은 일 잘하고 돈 잘 벌고 애 잘 키우고 사랑받는 며느리인 데에다 남편도 잘나가는데 나만 이 모양, 이 꼴인 걸까?

옷을 입어도 내가 입으면 촌스러워 보이고 거울 앞에 친구와 나란히 서면 내가 더 나이 들어 보인다. 외모를 꾸미는 데에 자신 있었던 내 모습은 온데간데없고 웬 쭈구리 한 명이 서 있을 뿐이다. 직장에서는 끽하면 일이 터져서 수습하기 바쁘고 운도 지지리 없어서 상사도 제일 싸가지만 걸린다. 왜 나에게만 이런 불운이 쏟아지는 것이며 고통의 퍼즐의 빈자리를 왜 내가 채워야 하는지 도통 모르겠다.

더 이상 이렇게 살 수 없다며 셀프 개조를 위해 별다방에 앉아 다이어리에 나의 현주소와 미래에 대해 적어본다. 하지만 결국 푸념에, 신경질이 올라와 자리를 박차고 일어나버린다.

내가 전공한 심리학 분야에서 보면, 나는 조급증 환자이거나, 화병 환자이거나, 빠지지도 않는 허릿살과 허벅지살을 꼬집으며 체중 강박에 시달리는 섭식 장애 환자이거나, 속상해서 어쩔 줄 모르는 우울증 환자이거나, 기분이 이랬다저랬다 하며 변덕이 죽 끓듯 하는 경계성 인격 장애 환자이거나, 가끔 진탕 술을 퍼마시는 상상을 하는 가상 알코올 환자이거나, 시어머니 전화를 일부러 거부하는 회피증 환자이거나, 상사가 나를 싫어할 것이라 믿고 끊임없이 의심하는 편집증 환자이거나, 애들 앞에서는 세상에 모르는 것이 없는 듯 잘난 척을 하는 자기애성 인격 장애 환자이거나, 남편과는 늘 시들한 성기능 장애 환자이거나, 미드를 보기 시작하면 끝까지 보다가 다음 날 일상을 와르르 무너트리는 중독증 환자다.

최근에는 남편이 늦게 오면 남편 몰래 휴대폰의 카톡 메시지를 염탐하면서 스토킹까지 하고 있다. 이런 나를 어떻게 하면 좋은가. 나도 이런 내가 싫다.

크면 다 예뻐지고
때 되면 다 연애하는 거 아냐?

10대 시절 늘 날씬한 몸매를 유지하던 언니를 보며 여자는 20대가 되면 자동으로 날씬해지거나 날씬한 다른 종으로 급진화할 것이라 생각했다. 그러나 20대가 끝나갈 무렵, 인간은 자신의 유전자를 이기기 힘들며 언니와 나는 그저 정반대의 체질을 가진 것이었음을 깨닫게 되었다. 먹성 좋은 언니는 뷔페를 휩쓸고 집으로 돌아와 바로 숙면을 취해도 날씬했고, 나는 아주 정직한 몸이라 먹은 바를 다음 날 온몸으로 만방에 알렸다.

특히, 콩나물처럼 쭉 뻗은 언니의 다리와 모 광고에 나오는 무대리 같은 나의 다리는 비교 대상의 중심이 되었다. 언니 다리처럼 얇은 다리는 부러지기 쉽다고 자위했는데, 나중에 해부학을 공부하면서 인간의 다리는 얇아도 쉽게 부러지지 않는다는 것을 알게 되었다. 골프 선

수 박세리의 남다른 다리 굵기와 비슷한 내 다리를 생각하면 나는 골프를 했어야 했다. 만약 굵은 다리가 골프를 잘 치는 데 도움이 된다면 다리의 안정성으로 따졌을 때 박세리는 나를 이길 수 없을 것이다.

20대의 사랑도 한집안에서 자란 나와 언니는 너무나 달랐다. 내로라하는 미모의 소유자인 언니에게는 변치 않는 귀가의 원칙이 있었다. 나갈 때는 혼자 나가고 들어올 때는 구름 떼 같은 남자들의 호위를 받으며 들어오는 것, 그게 바로 언니의 귀가 원칙이었다. 언니와 8살의 나이 차이가 났던 나는 대학을 다니는 여학생은 모두 그런 줄로만 알았다. 하지만 대학에 들어간 후에도 나의 귀갓길을 동행해주는 남자 따위는 없었다. 물론 시작부터 불리했던 나에게도 사랑은 찾아왔다. 큰 키에 남다른 유머를 가진 힙업된 나의 첫사랑에게 신은 모든 것을 주고 다만 얼굴을 빼앗아갔다. 나도 절대 예쁜 얼굴이 아니지만 나에게 소지섭이나 정우성, 김수현 같은 연인은 다음 생애에도, 그다음 생애에도 없으리라는 것을 잘 알고 있다.

대학을 갓 졸업하고 모 기업에 입사했다. 남들은 대기업에 철썩철썩 붙지만 굵은 다리, 날카롭게 찢어진 눈에 와일드한 성격을 가진 나에게는 그림의 떡이었다. 남에게 빠지지 않는 스펙이 있고 입사 시험도 잘 봤는데 이상하게도 면접에서 탈락하기 일쑤였다. 원하던 대기업은 아니었지만 목구멍이 포도청이라 어쨌든 합격한 회사를 열심히 다녔다. 새벽바람 맞으며 출근하고 밤이슬과 함께 퇴근하며 성실히 일했다. 원래가 적극적인 성격인지라 사회생활의 시작이 그리 힘들지는 않았다.

그러나 나에게 지독한 괴로움을 안겨주는 한 가지가 있었다. 바로 나의 직속 상사! 그녀는 내 안티가 분명했다. 하는 일마다 시비를 걸었고 가는 곳마다 반대했으며 기획서를 낼 때마다 퇴짜를 놓기 일쑤였고 심지어 사장님에게는 없는 말까지 해가며 해코지를 했다. 내가 자기 흉을 보고 다닌 것도 아니고 무슨 잘못을 한 것도 아닌데… 듣자 하니 나 같이 생긴 얼굴이 싫단다. 부모님이 물려준 유전자를 날더러 어쩌란 말이냐. 상황이 지뢰밭이다 보니 승진도 누락되고 회사에 나가는 일이 정말 고역이었다. 그러다 내 상사가 나와 입사 동기인 남자 사원에게 매우 강한 호감을 가지고 있다는 사실을 알게 되었다. 그리고 하필 내가 그 남자 동기와 매우 친했고 상사는 그 점을 몹시 불편하게 생각했던 것이다. 처음에는 상사를 사이코로 여겼지만 시간이 흐르고 나에게 닥치는 불이익이 커지자 비난의 화살이 내 자신을 향하기 시작했다. 나는 왜 이리 눈치가 없는 것인가.

외모로도 승부할 수 없고, 사랑스런 연인으로서도 뭔가 부족한 것 같고, 직장인으로서도 도무지 미래가 보이지 않는 나라는 여자를 어찌하면 좋을까? 일생의 모든 콤플렉스가 쓰나미가 되어 밀려오는 순간이 있기는 했지만 이 정도의 헤비급은 아니었다. 지금까지 딸로, 학생으로만 살아왔던 나에게 연인으로서 그리고 직장인으로서 가지게 되는 막막함을 어떻게 극복해야 할지 몰라 답답하다.

·
·

여자의 절망에는
가속도가 있다

한때 렉시라는 가수가 '애송이'라는 노래를 불렀다. 그 후렴구가 아직도 생생하게 기억이 난다.

감동이 없어
재미도 없어
별 볼일 없어
요즘 남자들 다 똑같아
애송이야

렉시는 쓸데없이 자존심만 센 남자들을 향해 도도하게 부른 노래였지만, 감동도 없고 재미도 없고 별 볼일 없는 건 바로 상사에게 쪼이고 가뭄에 콩 나듯 연애하고 거울을 봐도 별 신통한 바 없는 몸매와 얼굴을 가진 자신 없는 나였다. 참 이상한 일은 내가 형편없다, 잘 못한다 생각하니 잘하던 것들도 마치 처음 하는 듯 서툴게 된다는 점이다. 미숙함에 실수까지 겸비하니 그야말로 설상가상雪上加霜이다. 그로부터 20년이 지난 지금, 내가 경험한 것들과 비슷한 일들을 겪고 있는 여자들을 상담 현장에서 하루에도 몇 번씩 만난다.

평범한 얼굴을 가지고 있고, 맨날 입으로만 다이어트하고, 연인에게 버림받고, 직장 내에서 무능한 직원으로 찍혔거나 왕따를 당한 30대 여자들이 조심스럽게 상담실 문을 열고 들어와 몇 십 년 묵은 절망의 울음을 터트리곤 한다.

그중에서 당시 31세였던 잊을 수 없는 한 내담자가 있다. 수연 씨는 지방의 국립대를 졸업하고 서울에 있는 무역 회사에 취직하여 매일 밤 8~9시나 되어야 퇴근하는 매우 평범한 여자였다. 오래 사귀었던 남자 친구와 결혼을 앞두고 결혼 준비가 한창이었다. 아래로 동생이 하나 있던 수연 씨는 상담 중간중간에 자신보다 예쁘고 인기가 많았고 아버지의 사랑마저 독차지했던 여동생에 대해 가끔 이야기하곤 했다.

수연 씨가 처음 상담을 받으러 왔을 때는 결혼해도 잘 살 수 있을지 모르겠고 마냥 두렵다고 말하며 어떻게 하면 행복한 결혼 생활을 할 수 있을지에 대한 상담을 요청하러 온 것처럼 보였다. 그런데 가만히 그녀의 이야기를 들으며 상담을 진행하다 보니 수연 씨에게서 두 가지 문제점을 발견할 수 있었다. 하나는 동생에 대한 심한 콤플렉스고, 다른 하나는 결혼할 남자친구에 대한 확신이 없는 점이었다. 무엇보다 남자친구가 동생에게 호감을 보이는 것에 대해 심각하게 불안해했다. 상식적으로 생각하면 이상한 사람 아닌가 싶겠지만 수연 씨에게는 너무나 고통스럽고 절실한 문제였다.

그녀와 불안에 대해 한차례 이야기를 나누다 보니 직장에서도 문제투성이였다. 바로 위 남자 상사를 과하게 어려워하고 상사가 단지 이름만 불렀을 뿐인데 상사의 목소리에 떨고 그를 두려워했다. 수연 씨는 자신이 혹여나 실수할까 봐 괜한 걱정을 할 뿐 아니라, 자신감이란 단어를 읽고 쓸 줄도 모르는 것처럼 자존감이 매우 낮았다. 하는 일마다 실패할 것 같고 내 사랑이 나를 떠날까 봐 두렵고 최선을 다하지만 결과가 불안하고 이날 이때까지 친동생에게 부러움과 질투를 동시에 느끼고 있었다.

상담을 할 때마다 느끼는 것이지만, 상당수의 여자들은 크고 작은 정도의 차이일 뿐 모두가 성취에 대한 불안을 가지고 있다. 딸로서의 성취, 연인으로서의 성취 그리고 직장인으로서의 성취에 대해서 말이다. 결혼을 앞두고 딸로서의 자리가 한결 가벼워지는 시점에 오히려 더욱 압박을 느끼고, 사랑하는 연인이 평생의 배우자가 되기 직전의 스트레스를 버거워한다. 또한 사회 초년생으로서 자연스럽게 겪게 되는 무력감을 유독 크게 경험하는 게 20대 후반~30대 초반, 곧 결혼 적령기의 여자들이다. 이러한 불안정감은 10대가 입시 때 겪는 스트레스를 압도하는 경우가 많고, 특히 자신에게 주어지는 역할이 늘어나면서 실패에 대한 불안과 절망 역시 크게 증가한다. 마치 페달을 밟으면 더 빨리 달리는 자전거처럼 결국 속도를 이기지 못하고 균형을 잃고 만다. 불안이 절망에 대한 가속도를 높이기 때문이다.

여자의 자존감을
한없이 무너트리는 것들

지금은 고인이 된 영화배우 이은주 주연의 영화 '번지점프를 하다'의 삽입곡으로, 노래 잘하는 가수 김연우가 부른 '오 그대는 아름다운 연인'이라는 노래는 이렇게 시작한다.

오 그대는 아름다운 여인
그리고 행복한 건 나
메마른 내 맘에 단비처럼
잊혀진 새벽의 내음처럼
언제나 내 맘 물들게 하지

영화 속 주인공처럼 극중 연인의 마음에, 더 나아가 세상 남자들의 마음에 돌을 던져 여운의 동그라미를 남긴다는 건 마치 꿈같은 일이자 여자들의 로망이다. 그런데 그런 여자가 되려면 우선은 예쁘고 세련되고 멋진 자태를 탑재해야 가능할 것 같다.

영어에 플라이칙flychick이라는 표현이 있다. 직역하자면 '나는 암탉'이지만, 미국에서는 '자신감 넘치고 매력적인 현대 여성'을 이를 때 쓰는 말이기도 하다. 20대에서 30대 초반의 에너지 넘치고 세련된 직장 여성의 당당한 이미지가 바로 암탉의 비상飛翔으로 표현된 셈이다. 우리 식으로 영어를 좀 거칠게 쪼개어보면 플라이fly는 '날다'라는 뜻도 있지만 '파리'라는 뜻도 가지고 있다. 말 그대로 파리 같은 존재의 '하찮은 여자fly-chick'와 외모, 능력 등 모든 면에서 두루두루 핫hot한 '괜찮은 여자flychick'의 차이는 무엇일까?

지금부터 20, 30대 미혼 직장 여성들이 어떻게 하면 귀엽고도 발칙한 플라이칙이 될 수 있는지 그 전략을 찾아보자. 참고로 이 과정은 앞서 상담실을 찾아온 수연 씨의 상담에서도 그대로 적용되었고 결과는 만족스러웠다.

일단 우리가 꿈꾸는 여자가 되기 위하여 우리에게 무엇이 필요한지를 따져보기 전에, 어떤 점에서 자신이 부족하다고 느끼는지 혹은 왜 자신은 절대 매력적인 여자가 될 수 없다고 생각하는지를 살펴보자.

가짜 자기 확신

이길 수 없는 경기가 있다. 나보다 뭐든 잘했던 가까운 누군가가 있는 경우 나는 늘 루저loser가 된다. 어떨 때는 이기려는 노력이 굳이 필요하지 않은 지점에 도달하여 시작하기도 전에 져버린다. 내가 늘 져왔던 사람에게는 그 존재만으로도 지고 마는 것이다.

별무신통別無神通이란 말이 있는데 별로 신통할 게 없다는 뜻이다. 뭘 못하는 것은 아니지만 그렇다고 딱히 잘하는 것도 없는 사람의 특징이기도 하다. 지금은 여자들이 사법 시험, 전문의 시험 등을 비롯해 각종 고시의 상부를 휩쓰는 시대가 되었다. 하지만 세상이 이렇게 달라졌다 해도 나와는 별로 상관없다. 어차피 내가 그 자리에 있을 가능성은 애초부터 없다고 믿기 때문이다.

그런데 '난 안 돼'라는 생각은 도대체 어디서 오는 걸까? 특히 우리나라 여자들이 남자들에 비해 포기가 빠른 이유는 무엇일까? 정말 자신이 처음부터 '안 되게 태어난 인간'이라고 믿는 걸까?

심리학 용어 중에 '가짜 자기false self'라는 말이 있다. 자기 자신인데 그게 가짜라는 의미다. 가짜 자기는 대개 실제 자신의 모습이 아니라 자기도취에 심하게 빠져 있는 자신 혹은 너무 위축된 자신의 모습을 말한다. 스스로를 가진 것보다 더 있어 보이려고 하거나, 실제 가진 것보다 더 형편없는 사람으로 비추려는 이유는 다음과 같다.

우선 부모 탓부터 해보자. 심리학에서 말하는 가짜 자기는 잘못된 부모 역할에서 오는 경우가 있다. 부모가 너무 완벽주의자거나, 딸이라서 혹은 바로 동생이 생기는 통에 아이를 거부하거나 아이에게 반응을 잘 보여주지 않았을 때 가짜 자기가 생겨나기 쉽다. 이는 아이에게 있어서 사랑받고 싶은 욕구, 자신을 표현하고 싶은 욕구를 방해받는 상황이 되기 때문에, 아이 스스로 사실상 생존의 위협을 느끼게 되면서 불안과 두려움에 휩싸이며 본능적으로 부모에게 더 매달리거나 먼발치에서 부모의 사랑을 하염없이 기다리게 된다. 이 과정에서 과도하게 감정을 드러내거나 반대로 과도하게 감정을 억압하는 일이 발생하게 된다. 스스로의 힘으로 어찌할 방법이 없는 아이로서는 둘 중 하나를 택할 수밖에 없었을 것이다.

아이가 더 크게 울거나 떼를 써서 부모의 관심을 얻은 경우라면, 마치 자신이 울기만 하면 모든 것을 얻을 수 있고 뭐든지 할 수 있는 대단한 존재이고 자신은 매우 중요한 사람이라고 생각하면서 과장된 형태로 다른 사람들의 관심을 끌어내려 한다. 반면, 먼발치에서 부모를 바라보며 안기고 싶은 욕구를 꾹 누르고 있는 경우였다면 아이는 정반대의 의식을 형성한다. 즉, 내가 원하고 표현하는 일은 초라하고 형편없는 일이며 거절당할 게 뻔하다고 지레 짐작하면서 차라리 조용히 있자고 스스로 결정하고 행동하게 되는 것이다. 이럴 경우에는 스스로 뭔가를 해보려는 생각, 즉 자율성이 위축되고 자신에 대한 확신이 없어 잘해낼 수 없을 것이라는 불안이나 의심이 생겨나고 더불어 두려움이나 갑작스런 분노를 느끼기도 한다.

사실 우리나라에서 30대 여자로서 속 편하게 살려면 다 내려놓고 착한 척도 무척 많이 해야 한다. 남자들의 호감을 얻기 위해서건, 아니면 여초 집단(여자들이 차고 넘치는 집단)에서 살아남기 위해서건 이른바 '여성스럽고 순한' 마스크를 적당히 쓸 줄 알아야 한다. 그렇지 못하고 선머슴처럼 굴고 껄렁껄렁하다가는 완전히 '새'될 수 있다. 남자들과 대화는 통할지 몰라도 그 남자들의 애인 리스트에서 제외되고, 각종 야근과 잡무까지 모두 맡아야 할 수도 있다. 이를테면 술 취한 남자 동기를 집에 데려다주는 일 따위가 성격 좋고 털털한 내 몫이 될 수 있다는 말이다. 대신 나약해 보이고 수줍은 미소를 띠는 두 얼굴의 여자 동기들은 서로 데려다주겠다고 경쟁하는 남자 동료들의 손가마에 올라탄 채 얌전히 집에 돌아가기만 하면 된다. 인정하고 싶진 않지만 솔직하게 살면 손해 보는 일투성이고, 전통적인 여성성을 뛰어넘어 과하게 적극적인 여자들은 사회의 못난이로 전락한다.

과장된 방식으로 사람들을 만났다면 수치 경험이 많았을 것이고, 위축된 방식이었다면 매사에 자신감이 없어 시작조차 못했을 것이다. 특히, 후자의 사람들은 불안해하고 실패를 염려하고 하는 일마다 성과 기준에 미치지 못할까 봐 전전긍긍하는 자신을 보면서 스스로도 한심해 견디지 못할 지경이다. 도대체 나는 왜 이 모양인지를 생각해보면 내가 젖을 떼기도 전에 태어나 나보다 어리다는 이유로 더 보호받았던 동생이 떠오를 수 있다. 아니면 딸이었던 나를 압도하던 오빠의 그림자 속에서 있는 자신의 모습을 볼 수도 있다. 그것도 아니면 둘도 없는 딸로 태어났지만 터울이 꽤 있는 늦둥이 남동생의 출생과 더불어 투명 인간 혹은 동생의 도우미로 살아온 장면이 주마등처럼 스쳐갈 수도 있다.

이러한 성장 환경에서 자라났다면 진짜 자기는 가짜에게 반드시 자리를 내주게 되어 있다. 지금 당신이 바라보고 있는 거울 앞의 그 여자는 진짜인가, 가짜인가?

외모 콤플렉스

: 평범한 외모 때문에 징역을 살 수도 있다

정말 못생긴 사람들이 있다. 상담실에도 놀랄 만큼 못생긴 사람들이 온다. 상담자로서 외모 때문에 오랫동안 마음고생을 했겠다 싶은 생각이 들어야 정상이나, 정도가 심한 경우에는 나도 모르게 공감 능력을 상실해버린다. 상담자도 인간인지라 너무 갑작스럽고 비일상적인 상황에 대한 대처 능력이 떨어질 때가 있는 것 아니겠는가. 그러나 그들의 이야기를 듣다 보면 그들이 외모 때문에 겪은 일들 때문에 더 놀라움을 금치 못하게 된다. 누군가는 자살 시도를 하고 누군가는 부모에게 뭇매를 맞기도 했으며 또 다른 누군가는 연인에게 벌레만도 못한 취급을 당하기도 했다. 세상에 아무리 '얼굴이 예뻐야 여자냐 마음이 예뻐야 여자지'라는 노랫말이 있어도 그들은 너무하다 싶은 일들을 겪고 있다. 이처럼 사람의 신체적 매력은 매우 강력하다.

극단적이고 혐오스러울 정도로 못생기지 않았다 해도 저변에 깔린 심리적 사정은 별반 다를 것이 없다. 출생 시의 신분과 현재의 신분이 현저히 달라진 것만 봐도 외모로 인한 스트레스에 숨겨진 속사정은 고만고만한 것이다. 우리는 모두 왕의 자녀, 즉 '공주'로 태어났다. 산부인과에서 처음 탯줄을 자른 날 간호사가 우리의 출생을 두고 분명 '공주님입니다'라고 하는 소리를 들었다. 사실 목소리는 기억나지 않지만 전설 같은 그 이야기의 증인이 바로 나를 낳아준 엄마 아닌가. 그런데 거울 속에 비친 지금의 나는 아무리 봐도 공주가 아니다. 우기고 우겨 공주라 한다면 슈렉의 파트너 피오나에 가깝다고 할 것이다.

어려서도 대단히 예쁜 몇몇 아이들은 인기가 많다. 남자애들에게만 인기가 있는 것이 아니라 지나가는 모르는 아주머니, 아저씨들이며 할머니들까지 어쩜 쟤는 저렇게 예쁘냐고 말하고, 때로는 예쁜 그 아이와 인증샷을 찍기도 한다. 졸업 시즌이 되면 남자애들이 그 예쁜 애와 사진 기록을 남기기 위해 각축전을 벌인다. 나의 졸업 사진들을 다시 뒤적여보면 남녀 공학인 학교를 나왔음에도 불구하고 죄다 여자애들 내지는 가족과의 사진만이 남아 있을 뿐이다.

최근 일반인 출연자를 예쁘고 날씬하고 섹시한 여자로 변신시켜주는 프로그램이 인기를 끌고 있다. 다들 정상적인 일상을 유지하기 어려운 정도의 외모적 문제를 가지고 있는 사람들로, 해당 프로그램의 기획 의도대로 '논란을 넘어 감동'을 주며 의학적인 도움을 받아 새로운 삶을 찾아가고 있다. 그야말로 못난이 팥쥐가 예쁜이 콩쥐로 변신함으로써 삶의 질이 초고속 상승한다. 속된 말로 의느님(의사+하느님 : 조물주가 인간을 창조하듯 새로운 얼굴을 창조한다 하여 생긴 말)이 뒤통수에 얼굴을 새로 새기듯 완전히 다른 사람을 만들어주니 내심 어떻게든 한 번쯤 나가보고 싶다는 심정이 드는 여자들이 많을 것이다.

이 프로그램을 보면서 외모 콤플렉스가 왜 생겼는지 깊이 생각해보게 된다. 별로 큰 문제도 없고 그냥 저 정도면 사람이다 싶은 여자부터 꽤 예쁜데도 불구하고 외모를 걱정하며 사는 게 힘들다고 말하는 여자까지, 어쩌면 우리나라의 모든 여자들은 외모 신화 속에 살고 있는 게 아닌가 하는 생각이 든다. 무엇보다 이 프로그램을 진행하는 여자 진행자의 얼굴도 주기적으로 달라지는 걸 보면 외모 콤플렉스는 예쁘건 못생기건 간에 모두에게 찾아가는 사신死神 같다.

이 사신은 그리스 로마 신화에 등장하며 이름은 아도니스다. 왜 외모 콤플렉스를 사신 아도니스의 이름을 빌어 '아도니스 콤플렉스adonis complex'라고도 하는지 이유를 살펴보자.

아도니스는 태어날 때부터 매우 아름다운 소년이어서 이 아이를 두고 여신들 간에 다툼이 일어나게 되는데, 무심했던 아프로디테 여신조차 아도니스에게 마음을 빼앗기고 만다. 아프로디테는 아도니스를 독차지하기 위해 아기 아도니스를 상자에 넣고 지하 세계로 데려가 지하 세계의 왕인 하데스의 아내이자 저승의 여왕인 페르세포네에게 맡긴다. 아도니스는 그곳에서 눈에 띄는 미소년으로 성장한다. 아도니스가 장성하여 아프로디테가 그를 데려가려 하자, 아도니스의 아름다움에 흠뻑 취해 있던 페르세포네는 이를 거절하게 된다. 그러면서 아도니스를 가운데 두고 두 여신 간에 살벌한 줄다리기가 벌어지자, 보다 못한 제우스가 중재에 나서 아도니스로 하여금 1년 중 4개월은 지하 세계에서 페르세포네와, 그리고 4개월은 아프로디테와 지상 세계에서 보내도록 하고 나머지 4개월은 혼자 지내게 한다. 그러나 아도니스는 혼자 지낼 수 있는 4개월도 아프로디테와 함께 지내기로 선택한다.

문제는 아도니스가 땅 위로 올라와 있을 때다. 아프로디테가 자존심 다 버리고 아도니스를 따라다니며 사랑을 나누길 원했지만, 그는 최고의 미모를 자랑하는 여신인 아프로디테보다 사냥에 더 관심을 보인다. 아도니스가 사냥하는 동안 다치기라도 할까 봐 노심초사했던 아프로디테는 아도니스에게 조심하라고 수차례 애원하지만 아도니스는 아프로디테의 말을 무시하고 자기가 좋아하는 사냥에 몰입한다.

그러던 어느 날 평소 아프로디테를 사랑했던 전쟁의 신 아레스가 아프로디테가 아도니스와 사랑에 빠졌다는 소식을 듣고 질투심에 아도니스를 해치기 위해 야생 멧돼지로 변신한다. 아도니스가 사냥하는 동안 아레스는 그를 공격한다. 아도니스의 신음 소리를 들은 아프로디테가 서둘러 달려갔지만 결국 아도니스는 죽고 만다. 슬퍼하던 아프로디테가 아도니스의 피를 땅에 떨구자 그 자리에서 바람꽃이 피어난다.

완벽한 외모에 대한 사랑인 아도니스 콤플렉스는 남자가 완벽한 몸을 갈망하면서 자신의 몸에 집착하는 현상을 지칭하는 말로서 나이와 상관없이 나타나며, 외모 콤플렉스를 가지고 있어도 외모에 대한 자신의 고민을 다른 사람에게 말하지 않기에 주변 사람들이 이를 눈치채기 힘들다. 하지만 심할 경우 운동 중독에 빠지거나 자기 신체 혐오로 자해를 하기도 한다.

이런 아도니스 콤플렉스는 여자들의 외모 콤플렉스까지 포함하는 용어로도 사용된다. 또한 여자들에게도 남자들과 마찬가지로 심각한 형태로서 발현되기도 한다. 폭식 후 구토를 반복하는 폭식증 증상을 아무도 모르게 가지고 있거나, 강박적으로 다이어트에 몰입하고, 자신의 신체가 못나고 어느 한구석이 매우 이상하다고 생각하면서 스스로의 몸에 대한 불만이 머리를 떠나지 않는다.

최근 러시아의 바비인형녀라 불리는 우크라이나의 루키아노바라는 여자가 전 세계적인 주목을 받았다. 세계 도처에 바비인형처럼 되고 싶은 마음에 성형을 반복하며 유명해진 사람들이 있다. 그중에서도 루키아노바는 165cm 키에 41kg, 커다란 눈에 금발머리, 34-20-34의 비현실적 몸매를 가지고 마치 인형인 듯한 착각을 일으키는 화장과 포즈로 세계인들의 이목을 끌고 있다. 바비인형을 완벽하게 닮기 위해서 그녀가 택한 성형 수술의 횟수는 어마어마하다. 위험한 수술도 있었겠고 지금의 비율을 유지하자면 척추의 무리도 감수해야겠지만, 완벽한 아름다움을 위해서라면 그녀는 무엇이든 희생할 수 있을 것이다.

현대 사회에서 외모 콤플렉스는 논란을 넘어 감동으로 가기까지 영혼을 잠식하고 파멸로 이르게 하는 지름길 역할을 한다. 보이지 않는 욕망이 보이는 육신을 먹어 치우고, 보이는 몸이 보이지 않는 욕망의 지배 속으로 걸어 들어가고 있다. 파릇파릇한 10대에서 주름이 줄처럼 몸을 휘감는 60세 이후에도 여자의 외모 콤플렉스는 다이어트로 시작해서 보톡스와 필러 그리고 얼굴 곳곳에 실을 삽입하여 있는 힘을 다해 주름을 주워 올리는 수술을 위해 수술실로 향하는 자학의 파노라마로 이어진다. 21세기 다이어트 공화국, 성형 공화국인 대한민국에서 여자로 살기란 때로는 목숨을 내거는 일이기도 하다.

외모에 대한 집착이라 하지 않았다. 외모 지상주의 사회에서 최고의 자리, 마돈나의 자리에 오르겠다고 한 적 없다. 다만 평범에서 3%만 위로 올라갔으면 하는 바람뿐이다. 그러나 이런 바람, 즉 욕망은 늘 대가를 치른다. 얼마나 노력해야 원하는 만큼을 얻을 수 있을지 생각해보면 그 값은 굳이 손가락을 꼽지 않아도 상상만으로도 혹독하다.

한동안 영화 '미녀는 괴로워'가 사람들의 욕망을 훑어내며 말하지 못하는 심정을 영상에 담아냈다. 예쁜 외모가 무엇이기에 이다지도 사회라는 거인의 고개를 끄덕이게 하는 것인가.

2005년 미국 세인트안셀름대학교의 심리학과에서 흥미로운 실험을 진행했다. 실험에는 총 6개 조의 대학생들이 참여하여 여자 절도 피고인에 대한 배심원 역할을 했다. 각 조마다 피고인이 범인인지 아닌지 매우 모호한 사건 상황이 동일하게 주어졌다. 다만 한 가지 다른 조건이 있었다. 총 72명의 배심원 중 3개의 조 36명의 배심원 앞에는 매력적인 여자가 그리고 나머지 3개조 배심원 36명 앞에는 평범한 외모의 여자가 피고인으로 섰던 것이다. 실험 결과는 매우 흥미로웠다. 평범한 외모의 피고인은 한 조당 평균 6.5명의 배심원으로부터 유죄 판결을 받았다. 반면 매력적인 외모를 가진 피고인에 대해서는 조당 평균 4.3명만이 유죄 판결을 내렸다. 외모라는 조건이 판결 결과에 큰 영향을 미친 것이다.

법정이야 사실 일상에서 흔한 이야기는 아니므로 덜 와 닿을 수 있을 것 같아 구직의 현장을 예로 들어 설명해보고자 한다. 취업 문제는 우리 모두에게 예민하게 다가오는 부분이니 말이다. 일단 결론부터 말하자면 미인은 직장 구하기가 더 쉽다. 네덜란드의 심리학자 룩센과 바이버는 구직 현장에서 직원을 뽑는 상황에서 정말 예쁜 얼굴이 선호되는지, 지원자가 남자일 때와 여자일 때 선호도가 어떠한지를 실험했다. 이력서에는 지원자들의 매우 간단한 이력 정보와 증명사진만이 포함되어 있었다. 실험 결과 여자 면접관은 잘생긴 남자를, 남자 면접관은 아름다운 여자를 더 많이 선발했다. 살짝 놀랄 일은 여자 면접관이 잘생긴 남자 지원자를 뽑는 경우가 월등히 많았다는 점이다.

이렇게 보니 외모는 경제력에도 영향을 미치는 셈이다. 알려진 바대로 잘생긴 외모를 가진 사람들은 평균 수준의 외모를 지닌 사람들보다 5% 정도 더 많은 소득을 올렸고, 평범한 사람은 못생긴 사람보다 5~10%가량 더 높은 소득을 올렸다.

'미인은 선하다, 선하게 생기고 예쁘게 생긴 사람은 잔혹하고 끔찍한 범죄를 짓지 않을 것이다 혹은 예쁜 사람은 더 유능할 것이다'라는 생각은 고정 관념의 오류다. 아무리 실험이라지만 참 씁쓸한 입맛을 다시게 된다. 사람들이 머릿속으로 미인은 가정생활을 더 잘하고 더 유능하고 더 폭넓은 인간관계를 가지고 더 관대하며 심지어 미인은 돈을 더 잘 번다고까지 생각하니, 예쁜 여자들은 어딜 가나 대접받고 인정받기 쉬운 것 아니겠는가.

연세대학교 심리학과에서 했던 외모에 대한 실험에서는 적어도 외모가 행복감에 미치는 영향은 미미했지만 데이트 횟수에는 차이를 가져왔다. 당연히 예쁜 여자들이 데이트 횟수가 더 많았다. 그들에게는 '횟수', 우리에게는 '기회'겠지만…

범죄 판결 여부, 구직 현장, 소득 수준, 심지어 데이트 횟수에 이르기까지 삶의 결정적인 상황에 외모가 두루두루 영향을 미치다 보니, 아무리 자존감이 하늘을 찌르는 여자라 해도 너무 못난 자신의 모습에 'good'을 연호하기는 어렵다. 게다가 직장이 대단히 번듯하고 월급 수준이 높고 죄를 덜 짓고 사는 것도 아니니, 우리에게 생긴 외모로 인한 콤플렉스는 어쩌면 선택이 아니라 필수같이 느껴지기도 한다.

너는 아니라는 거절 경험
: 그 머저리에게까지 밀리다니

영어로 'but'은 크게 두 가지 의미로 사용된다. 하나는 '그러나'라는 접속사로 문장과 문장을 혹은 단어와 단어를 연결하는 다리 역할을 한다. 그리고 다른 하나는 '제외하고'라는 의미로 이를테면 "He will take us but you." 하면 "그는 우리를 택할 거야. 너는 제외하고."라고 해석

된다. '제외하고, 빼고'라는 말은 일종의 배제 경험 곧 제외 경험, 요즘 말로 하자면 '따' 경험이라 할만하다. 모두에게 허용되는데 나만 안 된다는 경험 혹은 모두가 통과이지만 나만은 탈락이라는 경험은 일생을 살아가면서 굉장한 '트라우마'로 남는다.

"너 말고!"

나도 매번 거절이 두렵다. 설사 거절당할 줄 알고 시작한 일이라 하더라도 거절이 두렵다. 누군가는 거절을 못해서 고민이라지만 난 거절당하는 것이 싫고 두렵다. 다른 사람이 거절당하든 말든 상관없고 언제나 문제되는 건 내가 거절당하는 일이다. 특히 여자로 살면서 거절당하는 상황은 빈번하게 발생한다. 내가 태어났을 때 딸이라서 기쁨이 덜했다는 부모님의 말도 그렇고 어떻게 보면 거절은 첫 출생부터 이미 시작되었던 것 같다. 뿐만 아니라 유치원, 초중고교를 다니는 내내 우리 중 거절당하지 않은 사람은 없을 것이다. 거절은 사람을 가리지 않고 누구에게나 매번 쓰고 아프다.

그러나 정작 그 고통과 쓸쓸함은 20대부터 30대 초반에 가장 거친 형태를 가지고 그럴듯한 첫 경험으로 찾아온다. 우리는 이 시기 연인에게 거절당하며 사랑의 패배자가 되었다. 최종 엔트리에 올라갔던 입사면접에서 머저리 같은 남자 동기에게 밀렸다. 그 머저리가 나를 떨어트린 것은 아니지만 면접 자리에 횡대로 앉아 있던 남자 면접관들의 시답지 않다는 듯한 눈빛과 건성으로 하는 인사 그리고 대답도 하기 전에 '다음 분!'을 불러대던 잔인한 거절을 잊을 수 없다.

내가 연애를 하면서 연인의 뺨을 때리거나 연인에게 욕을 하면서 그를 걷어찼다면 난 거절당해 마땅하다. 그러나 나는 너무나 선한 연인이었고 그저 하자는 대로 하는 착한 파트너였을 뿐이다. 이뿐이랴. 사회에 첫발을 내밀겠다는 일념 하나로 내 엉덩이 모양은 도서관 의자에 최적화되었고 부담스러운 민낯으로 책을 벗 삼아 스펙 쌓기에 여념이 없었다. 하필 그놈의 도서관은 언덕바지라 새벽부터 한밤중까지 오르락내리락을 반복하며 근육을 키워낸 다리는 세련된 하이힐과 따로 놀 수밖에 없었다.

이유는 500가지도 넘지만 거절은 딱 한마디다.

"Not you! But you!"

처음 있는 일도 아니고 숱하게 받아왔던 거절이라 내성이 생기고 이골이 날만도 한데, 거절당할 때마다 생겨나는 수치심은 매번 최고 수준이다. 더 창피한 것은 거절당한 후에 붉어진 얼굴을 숨길 수가 없다는 점이다. 면접 보러 가기 전에 수혈이라도 몇 번 하고 갔으면 얼굴이 붉어지는 일은 없었을 텐데 하는 생각이 미친 듯이 올라온다. 물론 온몸의 헤모글로빈을 뽑아도 수치심은 어디서든 붉은 얼굴을 가져올 것이다. 거절은 단 한 번도 유쾌하지 않으며 시간이 지나면 더 열이 오르게 만드는 특성이 있다.

콜롬비아대학교 심리학과 제럴딘 다우니 교수의 말대로라면 다른 사람이 나를 여러 번 거절하면 결국에는 내 스스로가 나를 고립시키게 된다. 왜냐하면 거절당하면 스스로를 사랑받지 못하는 사람이라고 믿거나 혹은 자신이 가치 없는 사람이라고 판단하게 되어 결국 스스로에 대한 부정적인 생각으로 상황을 결론짓게 되기 때문이다.

그리고 거절당할 때 붉어진 얼굴과 방망이질 치던 심장은 실상 건강에도 치명적이다. 미국의 언론 매체 〈허핑턴 포스트〉에 따르면 거절은 생리적인 측면과도 긴밀히 연결되어 있다. 〈미국 국립 과학 협회보 Proceedings of the National Academy of Sciences〉에 실린 2011년 연구에 따르면 거절을 당했을 때 활성화되는 뇌의 경로는 육체적인 고통을 경험했을 때 활성화되는 경로와 동일하다. 이는 심리가 정서에 어떤 영향을 미치는지를 분명하게 보여주고 있다. 이야기인즉슨 신체적인 고통과 사회적인 거절은 뇌의 이차 감각 피질과 후두 섬의 활성화를 촉발시킨다는 점에서 동일한 뇌 반응이 일어난다는 것이다.

'거절＝고통'이라는 공식은 이미 미시간대학교 의과대학 연구진들에 의해 증명된 바 있다. 그들에 의하면 사회적인 고통을 느낄 때 뇌의 뮤-오피오이드 수용 시스템에서 진통제 역할을 하는 화학 물질이 분비된다. 이 진통제 물질 역시 육체적인 고통에 직면했을 때 분출되는 것과 동일하다. 무엇보다 이 물질의 진통 효과는 극심한 고통이 전제되어야 한다.

세상 사람들 중 거절 경험 없는 사람이 없으련만 하필 나에게는 더 크고 고통스럽게 느껴지는 이유는 뭘까? 거절을 경험한 이 큰 몸이 쥐 구멍을 찾아 어쩔 줄 모르고 두리번거리니 말이다. 알려진 것처럼 사람은 누구나 거절을 받으면 상처를 입지만 사람에 따라 상처를 받는 강도에는 차이가 있다. 그리고 스스로에 대한 자존감이 낮은 사람일수록 거절에 대해 느끼는 고통이 크고 극복하는 데에도 더 오랜 시간이 걸린다.

지난 시절의 거절 경험을 생각해보면 우리는 거절 경험에서 얻은 수치심에 따라 반응하다가 상황을 더 악화시키곤 했다. 그야말로 설상가상인 셈이다. 일단 거절당하면 타인과의 관계를 한동안 혹은 꽤 오랫동안, 경우에 따라서는 한평생 거부하며 살기도 하기 때문이다. 당황하게 되면 오버(!)하곤 했었는데 그 덕에 창피도 당하고 관계도 잃게 된 셈이다.

착한 척, 얌전한 척 살아보려고 노력하고, 외모 콤플렉스가 있지만 성격이라도 좋다는 이야기 들으며 정직하게라도 살아보자 다짐하고, 거절당해도 괜찮은 척 침 한 번 꿀꺽 삼키며 칠전팔기 성공 신화 책을 옆에 끼고 살아왔다. 이런 노력이 얼마나 큰 힘을 발휘할지 스스로 의심이 들어도 하늘은 스스로 돕는 자를 돕는다고 자위하며 살아왔다. 그러나 현실은 늘 냉혹하다. 하늘은 스스로 돕는 자를 돕고 땅은 예쁜 여자를 돕는다.

(1) **열 번에 한 번씩 솔직해지자.**

① 자기 과잉과 자기 수축은 일종의 스캔들이지 정상적인 상태가 아니다. 그러나 내가 꿈꾸는 정상을 볼 수 있는 가장 좋은 기회이기도 하다. 끝으로 가면 중간이 보인다. 그러니 항상성의 힘을 믿어라.

② 열 번에 열 번은 어려워도 열 번에 한 번은 쉽다. 그리고 한 번은 곧 열 번이 될 수 있다. 있는 대로 말하고 사실대로 고백하라. 한 번만 용기 내라. 용기가 당신을 천국으로 이끌 것이다. Stair way to Heaven!

(2) **고치자.**

① 너무 못생겨서 외모가 마음에 영향을 준다면 고쳐라.

② 수술할 자신이 없고 그럴 필요도 없다면 이미지를 배워라.

③ 고통스럽게 살지 말고 상담 좀 받아라.

④ 세계적인 모델 장윤주는 내 눈에는 못생겼다. 그러나 장윤주의 자신감이 그녀를 그녀답게 한다. 못난이로 살고 싶지 않거든 자신감을 키워야 한다. 아니면 못생긴 당신 마음이 당신을 잡아먹을 것이다.

(3) **내일 또 거절당할 것이다!**

① 거절은 인간에게 늘 일어나는 일이라는 것을 기억하라.

② 거절당했을 때 백치미 보이지 말고 다음의 대처법을 따라 하라.

- "그럼 다음에 뵙겠습니다!"라고 말하고 웃고 나와라.
- 같은 상황에 있는 다른 사람들은 어떻게 거절에 대처하는지 물어봐라. 물어보는 자에게 길이 열릴 것이다.
- 거절당하더라도 끝까지 시선을 고정시켜라. 붉어지는 얼굴도 세번이면 볼에 굳은살 앉는다. 그리고 그 사람을 다른 자리에서 어떻게 다시 만날지 모른다는 것을 기억하라.

③ 또 거절당하는 게 싫으면 거절을 공부하라.

- 거절에서 배워라. 이중 등신이 되지 마라. 거절을 자주 당하는 사람은 높은 공감력을 갖기에 다른 사람의 요청을 잘 거절하지 못한다. 그러나 거절하라. 그리고 거절하면서 내가 왜, 어떻게 거절하는지 분석하라. 그리고 이 상황에서 '이렇게 했으면 나도 거절 안 했을 텐데…'라는 거절을 피하는 법을 자신에게서 배워라. 내가 당하는 거절과 하는 거절은 같은 값이다.
- 마음의 빚을 만들어라. 거절도 기회다. 거절하는 사람은 반드시 마음에 미안함을 가진다. 거절당해도 결코 쌍욕하지 마라. 오히려 눈물을 쏟을 것 같은 눈빛을 남기고 와라. 70%는 당신의 두 번째 요구를 다시 거절하지 못한다.
- 될 걸 요청하라. 상대방이 할 수 없는 것을 요청해놓고 울고 있는 건 거름으로도 못 쓴다.

2장

눈물 없인 못 보는

여자의 직장 생활

여자의 일생은
멀티 플레이어와 같다

여자는 평생 한 번도 같은 사람인 적이 없다. 끊임없이 변화하고 또 변화를 만들기 위해 골똘히 생각하고 새로운 무언가를 꿈꾼다.

어린 시절에는 엄마의 옷가지와 화장품으로 어설픈 어른이 되려 하고, 소녀가 되어서는 또래 친구들의 모습을 따라 하고, 아가씨가 되어서는 사랑하는 이의 눈빛과 손끝의 온도를 통해 변해간다. 그리고 결혼을 하고 나서는 남편이 된 남자를 사랑하고, 출산 후에는 나를 닮은 아이의 놀라운 성장과 미소로 일희일비하며 새로운 가족으로 살아간다. 요즘에는 대부분의 여자들이 이 모든 것과 함께 '직장맘'이라는 만만치 않은 페달을 밟아나간다. 아이들이 자라고 개인적으로 승진도 하고 중년이 되고 시어머니가 노모가 되는 시점에 이르러서는 위아래로 해야 할 역할들이 더 많이 밀려온다. 이렇게 많은 일을 짊어지고 가면서도 시간이 지날수록 고독한 시간은 많아질 것이다.

우리 여자들은 스무 살까지 딸로, 학생으로 살아간다. 사춘기를 통과하고 제법 아가씨 티가 날 때쯤이면 고등학교를 졸업한다. 20대로 접어들면 이때부터 여자의 인생은 좀 더 다양한 역할을 만나게 된다. 딸이라는 역할과 더불어 누군가는 대학생이 되고 누군가는 직장인이 되며 또 다른 누군가의 연인이 되기도 한다. 그렇게 10년을 지내다 30대가 되어 결혼을 하며 그리고 이때부터는 지금까지와는 완전히 다른 종류의 인간으로 살아간다. 딸로, 직장인으로, 아내로, 며느리로 그리고 엄마로 살며 폐경을 맞고 환갑을 넘긴다. 그리고 칠순과 팔순을 넘기며 그동안의 역할이 서서히 줄어들기 시작한다. 남편의 부인, 자녀의 엄마 역할만 남는다. 물론 할머니의 역할도 있긴 하다. 그리고 여든이 넘으면 딸이었던 소녀는 엄마로 살다 죽는다.

마치 꽃이 피었다 지는 모습을 저속 촬영으로 보는 것처럼 한 여자가 태어났다 죽는다. 파노라마처럼 꽃송이가 생겨났다 사라지듯이 여자의 일생도 그렇게 흘러간다.

이러한 이야기를 듣고 나면 지나온 날을 되돌아보고 너무 갑작스럽게 흘러온 것 같은 시간에 갑자기 겸손한 마음이 들기도 할 것이다. 지금 우리는 모두 각자의 시점에 서 있다. 아내이고, 엄마이고, 직장인이고, 며느리다. 그리고 그런 멀티 플레이를 하며 그 합인 '나'로 살고 있다.

$$Me_1 + Me_2 + Me_3 + Me_4 + Me_5 \cdots = I$$

누구나 다중 역할을 하며 살지만 여자로 살면서 여러 역할을 골고루 잘해내기란 보통 힘든 일이 아니다. 중간에 다 때려치우고 싶은 생각이 굴뚝같다. 그러나 어디 그게 쉬운가. 일은 첩첩, 육아는 깜깜, 시어머니는 양양이니 말이다. 돌이켜보면 결혼을 하면서 생겨나는 격한 소용돌이와 같은 사건들은 결혼 전에는 상상도 못한 일이었다. 미란다 커 같은 몸매는 아니더라도, 손예진 같은 얼굴은 아니더라도, 심청이 같은 효녀는 아니더라도 다른 사람들과 함께 어울리고 배고프면 밥 먹고 연인과 연애할 정도는 되었다.

그런데 직장은 좀 다른 세상이다. 요즘 직장인들이라면 너 나 할 것 없이 회사 우울증을 겪는다. 직장인의 85%가 실내에서 하루 종일 지내며 좁은 공간에서 뻗어나오는 공격적 에너지를 견뎌야 하고 매일 알을 낳는 암탉처럼 성과를 내야 하니 주어진 심리적 자산은 이미 바닥난 지 오래고 처음 입사 때의 다짐은 온데간데없다. 직장인이 되기 전에는 막연하게 커리어 우먼을 꿈꿨다. '커리어 우먼'이란 어감도 멋지지 않은가. 영어 스펠링이 뭔지는 헷갈려도 우리의 머릿속에 남아 있는 커리어 우먼의 이미지는 또렷하다.

많은 여자들이 상담을 받으러 와서 꼽는 멋진 여자로 삼성가 이부진 회장이 있다. 존재만으로도 무게가 있고 얼굴 뒤에는 후광이 비친다고 극찬한다. 여러 여자들의 공통적인 찬사에 나도 그녀가 궁금해졌다. 삼성이라고는 집에 있는 20년 묵은 청소기가 전부인데 많은 여자들이 왜 이부진이라는 여자에게 열광하는지 궁금해졌다. 인터넷을 통해 그녀를 슬쩍 검색해보고 깜짝 놀랐다. 여리여리하게 말라서 무게감도 없고 얼굴 뒤에 후광도 없었다. 그냥 옷 잘 입은 직장 여성이라는 정도로만 보였다. 내게는 회사의 오너로서 일하는 여자로만 보였지 '와' 하는 경탄을 자아낼 만큼의 뭔가는 전혀 찾을 수 없었다. 물론 나보다 날씬하긴 했지만 상담자인 나에게 이부진 사장에 대한 존경과 감탄을 쏟아내던 내담자들보다는 더 살집 있어 보였다.

나 나름대로 이래저래 찾아보고 아는 사람들을 통해 알아본 결과 이부진 사장이 매우 유능한 사람임에는 틀림없었다. 그리고 내가 알고 있는 것보다 훨씬 더 많은 영역에서 영향력을 미치고 있음은 분명했다. 그러나 나의 관심사는 이부진 사장이 아니라 나의 내담자들이었다. 30대 초중반인 그녀들이 이부진 사장에 대해 이야기하며 보여준 부러움으로 가득 찬 반짝이는 눈동자를 잊을 수 없다. 그리고 그 찰나와 같은 순간에 이어 현실로 돌아와 무서울 정도로 떨어지는 고개와 자존감도 볼 수 있었다. 이부진 사장을 자신의 롤 모델로 삼고 온 여자들 대부분은 자존감과 직장 적응 문제로 상담을 요청했었다.

직장 생활이 녹록하지 않다는 것은 모두 알고 요즘은 힘들다 못해 회사 우울증이라는 것도 생겼다. 참 기분 좋고 신 나는 일터가 되어야 할 테지만 회사 입구의 회전문만 통과해 들어오면 급격히 우울해지고 무기력하게 되는 현상을 회사 우울증이라 부른다. 우리나라 직장인 77.9%가 회사 우울증을 겪고 있다고 하니 소수의 특이한 현상이라기보다 월급을 받는 사람들이 사원증과 함께 받게 되는 인증서 같은 증상이 아닌가 한다.

2013년 취업 포털 잡코리아가 남녀 직장인 601명을 대상으로 설문 조사를 한 결과, 회사 우울증을 겪는 사람은 여자 77.2%, 남자 71.9%, 연령대별로 40대 81.9%, 30대 76%, 20대 69.9%였다. 또한 조사에 따르면, 회사 우울증 원인 1위는 나 자신의 미래에 대한 불확실한 비전, 2위는 회사에 대한 불확실한 비전, 3위는 과도한 업무량, 4위는 조직에서의 모호한 나의 위치, 5위는 업적이나 성과에 따라 이뤄지지 않는다고 느껴지는 급여, 6위는 상사와의 관계, 7위는 회사의 복리후생, 8위는 업무에 대한 책임감으로 나타났다.

회사 우울증의 특성을 보니 여자가 더 높고 30, 40대에 집중되어 있다. 그래서 그런지 상담 현장에서도 비슷한 비율을 보였고, 이들 중 상당수는 그 스트레스를 술로 풀거나 겨우 끊었다 다시 피우기 시작한 담배로 푸는 경우가 많았다. 회식을 통해 구원을 얻어보려는 여자들도 상당수다.

36세 유정 씨는 회사를 그만두고 싶은데 지금 그만두는 게 맞는지 잘 모르겠다고 고민을 털어놓았다. 종로의 한 회사에 다니고 있는 유정 씨는 키 162센티미터의 통통녀였다. 본인의 외모에 대한 불만이 많았던 유정 씨의 말을 빌리자면, 몸매뿐만 아니라 눈이 작고 안경을 썼기 때문에 가까운 거리에서 대화하는 상대방도 자신의 눈을 맞출 수 없을 것이라며 혹독한 자기비판을 했다. 유정 씨의 고민은 외모에 대한 것 이외에 직장과 관련된 것들도 한두 가지가 아니었다. 애는 어리고 뱃속에 아이는 하나 더 있고, 상사는 미친 듯이 쥐어짜고, 승진은 멀고, 남편은 죽이 되든 밥이 되든 회사에 계속 다녔으면 하는 눈치고, 유정 씨 자신의 에너지는 바닥이 난 상태였다. 온갖 스트레스에 임신까지 한 상태라 당장이라도 털썩 주저앉을 것 같아 유정 씨와의 상담은 누워서 진행되었다. 상담 시간 내내 유정 씨에게 누워서 상담을 받으라고 하자 처음엔 어쩔 줄 몰라 하다가 나중에는 너무나 편하고 좋다며 상담 도중에 잠이 들기도 했다. 그런 그녀의 이상형 또한 이부진 사장이었다.

유정 씨의 고민을 부분 부분으로 나누어 적어보니 다음과 같았다.

① 애가 기다리는데 야근하고 주말에도 출근하는 게 고통스럽다.
② 지금 멈추면 영원히 멈출 것 같아 그만둘 자신이 없다. 나도 성공하고 싶다.
③ 내가 과연 둘째까지 낳은 후 일상을 유지할 수 있을지 의문이다.
④ 동기들에 비해 나는 잘나가지 못한다는 자괴감이 든다.
⑤ 일이 많다(일이 많거나 아님 내가 무능하거나).
⑥ 회식 때 유독 나만 분위기를 못 맞추는 것 같다.
⑦ 내 위로는 여자 상사가 1명뿐인데 그럼 나도 승진이 어려운 것인지 궁금하다.
⑧ 남자들과 함께 일하거나 접대할 때의 어색함과 어려움이 크다. 담배라도 피워야 하는 건지…
⑨ 분위기 깰까 봐 못 마시는 술 마시고 구토하는 것을 그만하고 싶다.

⑩ 회사만 가면 내가 너무 못나 보이고 바보 같다.

물론 여자들이 현장에서 느끼는 직장은 이보다 더 혹독하며 더 많은 '독한' 일들이 일상처럼 일어난다.

출산 휴가 다녀왔더니 의자가 없어진 경우도 있고, 출산 휴가를 쓰면 승진은 꿈도 꾸지 않는다는 게 직장 내 분위기다. 기획부에 들어가고 싶어도 그곳은 '금녀 존禁女 zone'이라는 인식이 팽배하고, 입사 동기임에도 불구하고 남자 동기를 놔두고 그 옛날 커피 심부름을 아직도 여직원에게 시키는 일도 적지 않다. 설사 커피 심부름을 직접 시키지 않더라도 커피를 내오도록 슬슬 눈치 보게 만드는 분위기가 조성된다. 그놈의 사내 행사도 모두 축구, 야구, 족구인데 그런 걸 하는 여자가 얼마나 되겠는가. 남자 동기들이 쑥쑥 승진할 때 옆에서 박수만 쳤던 게 몇 번인지… 부장님은 남자는 가장이니 이해하라는데 우리 집에서는 내가 가장이다. 웃긴 건 중요한 이야기는 꼭 술자리나 흡연실에서 오가고 가십이라 생각했던 이야기가 결정안이 되어 내게 통보되는 어이없는 일들은 어제도, 오늘도 또 내일도 있는 일이다.

성인이 되어 느끼는 점은 '이럴 때 정말 남자가 되고 싶다' 하는 경우가 아주 자주 생긴다는 것이다. 선배니 후배니 하면서 학연, 지연 다 호출하는 관계에 여자들이 끼어들 자리가 없다. 같이 일해도 여자는 집에 가서 밥하고 애 보고 빨래하고 음식물 쓰레기까지 버려야 일상이 끝나는데, 같은 직장을 다니는 동료이기도 한 남편은 퇴근해서 집에 오자마자 무의식 세계에 빠져 꿈나라인 일이 허다하다. 남편이 돕는다며 생색 내지만 '돕는 것'과 '내 일'은 다르지 않은가. 나도 조직의 최고 자리에까지 올라보고 싶고, 직원 모임도 내가 가고 싶을 때 자유 의지대로 가고 싶다. 남자 동기들은 번개 모임 하러 가고 나는 번개같이 집에 가야 한다. 그렇다 보니 출장은 아예 남자들 몫이다.

군대 가서 고생한 건 알겠는데 그때 여자들은 놀았느냐 말이다. 우리도 열심히 공부했고 사회인으로서 국가와 민족의 발전을 기원했고 초등학교 졸업 후에는 달마다 빠짐없이 월경했다. 그럼에도 불구하고 남자 동기들의 초봉은 우리보다 높다. 아, 정말 생각할수록 머리가 지근거리고 짜증이 대폭발할 것 같다. 이런 상황에 무슨 이부진을 꿈꾸겠는가.

내가 알고 있는 몇 가지 사실들과 남들이 알고 있는 몇 가지를 섞으면 인간의 문제는 거의 90% 이상 해결된다. 앞서 유정 씨의 속사정 그리고 직장 생활의 고충들을 자세히 살펴보면 직장녀로 산다는 것이 여자들의 문제에 있어서 중대한 키워드라는 사실을 알 수 있다. 여자들이 직장에서 원하는 수준으로 성취해내지 못하는 몇 가지를 뒤에서 자세히 알아보도록 한다.

거절 못하는 나,
혹시 착한 여자 콤플렉스?

상담실에 들어와 눈물을 쏟아내며 자신의 이야기를 하던 은영 씨를 생
각하면 아직도 마음이 저릿하다. 정말 열심히 살아보려고 죽을힘을 다
해 애쓰는데 도대체가 시작하는 일마다 실패이고 선택하는 일마다 낭
패이니 은영 씨의 사연을 듣는 나조차도 고통스러울 지경이었다.

38살 은영 씨는 현재 모 기업의 대리 직급으로 홍보 사업부에 근무
한다. 마를 대로 마른 은영 씨의 퇴근 시간은 거의 매일 밤 9~10시다.
다른 사람들은 모두 퇴근했는데도 은영 씨는 늘 일이 남아 있다. 왜 그
런가 봤더니 자신의 일은 이미 다 마쳤으나 다른 직원이 급하다고 혹은
힘들다고 부탁하는 일을 모두 떠맡고 있었다.

이런 사람들을 보면 얼굴도 거절 못하게 생겼다. 눈동자가 크고 눈
꼬리가 처지고 피부는 하얗다. 손을 가지런히 모으고 고개를 끄덕이

며 다른 사람의 말을 듣다가 "네, 맞아요." 하며 맞장구도 잘 쳐준다. 게다가 "그럼 이렇게 할까요?"라고 물으면 그 제안이 마음에 들지 않아도 잠시 머뭇거리다 "네." 하고 수긍한다. 그리고 일의 주인이 퇴근한 이후에도 일을 맡아 나머지 숙제를 해주고 있다. 거절 못하는 은영 씨의 마음도 그러할까?

온갖 미사여구를 들이대면서 부탁을 하는 직장 동료들의 잡무를 도와준다는 말에 내가 물었다.

나 싫다고 말해봤나요?

은영 씨 아니요. 얼굴 보고 부탁하는데 어떻게 안 된다고, 싫다고 말해요. 자기가 알아서 부탁하지 말아야 하는데 그렇게 안 하고 나에게 부탁을 하는데요. 저는 남이 뭔가 부탁하면 거절을 잘 못해요. 늘 그랬어요.

나 남의 부탁을 거절하면 무슨 일이 일어날까요?

은영 씨 글쎄요. 한 번도 그런 생각을 해본 적이 없어서요. 근데 만일 제가 거절한다면 그 사람이 제게 많이 실망하지 않을까요? 그 사람도 용기 내서 부탁했을 테니까요.

나 그래도 은영 씨가 그 일을 할 이유는 없잖아요. 늦게까지 남아서 내 일도 아니고 남의 일을 하면 정말 화가 나고 짜증도 나고 그럴 것 같은데… 은영 씨에게 떠맡겨진 일을 보면 기분이 어때요? 저 같으면 욕 나올 것 같아요.

은영 씨   사실은…

나   사실은?

은영 씨   패버리고 싶어요. 그리고 가끔씩은 그 사람들이 없어졌으면
          좋겠어요.

나   죽이고 싶은 생각이 든다?

은영 씨   네… 뉴스에서 염산 테러 이야기가 나왔을 때 마음으로 저도
          그런 생각을 해봤어요. 이런 상상을 한다는 게 좀 그렇긴 한
          데…

나   그런 마음이 들 정도면 한마디 좀 하든가 아님 가까운 분이 있
          다면 간접적으로 전달해달라든가 하면 좋을 것 같은데. 어때
          요?

은영 씨   그렇게도 해봤는데 그 사람조차 저에게 자기 일을 부탁해요.

나   아이고!

이렇게 거절을 잘 못하는 사람들에게 무언가를 부탁했을 때 그들이
앞에서는 무엇이든 해줄 것 같아도, 그들의 마음속에는 경우를 넘어선
상대방의 행동과 자신의 무기력한 모습에 분노가 치미는 것이다. 단순
히 '밉다'가 아니라 '때리거나 죽여'버리고 싶다는 생각이 그 사람의 마
음 깊숙한 곳에서 자라고 있다. 만일 부탁을 잘 들어주던 사람이 어느
순간부터 공격적인 심리 반응을 보일 때는 오랫동안 이런 일들이 반복
되었다는 의미가 된다. 은영 씨는 왜 거절을 못하는 걸까?

거절을 못하는 이유는 참으로 다양하지만 그중 몇 가지만 보자면, 첫 번째 이유는 관계가 손상될까 봐 두려워하는 마음에서 시작된다. 즉, 내가 제안 혹은 부탁을 거절하는 것을 그 사람과 나의 관계를 깨는 일과 동일시하며 나름 돈독했던 관계를 깬 나는 나쁜 사람이 되는 셈이다. 이런 심리적 관념을 흔히 '착한 여자 콤플렉스'라고 부른다.

임상 심리학자인 윌리엄 페즐러와 엘레노어 필드가 쓴《착한 여자 콤플렉스Good girl complex》라는 책에서는 착한 여자 콤플렉스를 다음과 같이 설명하고 있다.

착한 여자 콤플렉스는 한 소녀에서 착한 여자로 키워진 여성이 다른 사람의 눈에 비치는 자신을 의식하면서 다른 사람들로부터 좋은 사람, 좋은 여자라는 칭찬을 받고 싶어 하고 이를 위하여 자신의 욕망과 개성을 희생하게 되면서 생겨난 열등감과 의존심, 무기력, 분노가 쌓이는 데서 생기는 병적 현상이다.

간단하게 말하자면, 착한 여자 콤플렉스는 덜 착한데 더 착해 보이려고 애쓰다가 결국 무너지는 현상이다. 이는 보수적인 특성을 지니고 있으면서 동시에 인정 욕구가 큰 여자들에게서 나타나기 쉽다.

'착한 여자'와 '착한 여자 콤플렉스'는 다른 걸까? 콤플렉스는 생각의 흐름을 방해하고 때로는 놀람이나 당황, 분노와 같은 매우 강력한 감정 반응들을 일으키는 심리 에너지다. 대개 콤플렉스는 잘 정돈된 생각들을 흩트리고 건강한 정신을 고갈시키거나 성격 변화를 가져와 일상적이지 않은 감정이나 행동 반응을 보이게 하기 때문에 사람들과의 관계에 문제를 가져오거나 당사자를 자책하게 만드는 데 기여한다. 쉽게 말해, 콤플렉스는 '약점'이다. 그중에서도 착한 여자 콤플렉스는 자신의 본모습이 아닌 다른 특성으로 삶을 살아가게 하므로 굉장한 에너지를 쏟아야 하고 자신의 에너지를 투여한 만큼의 보상이 없으면 매우 신경질적인 반응으로 나타난다.

착한 여자와 착한 여자 콤플렉스라는 비교는 아주 딱 들어맞는 용어는 아니다. 오히려 '착한 성품'과 '착한 여자 콤플렉스'의 특성을 비교한다는 말이 옳다. 항목별로 나타나는 특성을 설명한다면 다음과 같다.

착한여자 콤플렉스	항목	착한 성품
외부의 순정, 내부의 욕정	사랑	순정
병리적 모성애, 약한 책임감	모성애	강한 모성애, 강한 책임감
일시적 헌신, 매우 빠른 소진	헌신	지속적 헌신
의도적인 선함, 시선 의식	착함	성격적인 선함
이성에게 집중	관계 대상	동성에게 집중
이성적 발달, 집중적이고 한시적인 공감력	발달	정서적 발달, 지속적이고 높은 공감력
외적(타인) 평가 중요	평가 중요도	내적 평가 중요

일정 시간을 함께 지내보면 그 사람이 정말 착한 사람인지 아니면 착한 여자 콤플렉스에 사로잡힌 사람인지 저절로 드러난다. 시간은 에너지 소진의 가장 중요한 인자이기 때문이다. 시간이 지나면서 처음에는 착한 척하며 순정만 가진 듯 보였던 사람도 곧 내부의 검은 손톱이 드러난다. 머리가 천재적으로 비상한 경우를 제외하고는 대부분 시간이 지나면서 자신의 속내를 나타내기 마련이다. 특정 상황에만 착한 양상을 보이면서 비일관된 행동들을 나타내기를 반복하면 사람들은 그 사람이 '두 얼굴을 가졌다' 혹은 '거짓말을 한다'라고 말하는데, 사실상 착한 여자 콤플렉스를 가진 여자들은 최종적으로는 거짓말쟁이로 낙인찍히기 쉽다.

모성애 역시 그러하다. 모성애를 본능으로 알고 있는 사람들이 많지만, 많은 발달 심리학자들은 모성애를 일반적 행동 특성 중 하나라고 부른다. 모성애가 본능이라면 새끼를 버리거나 아이를 학대하는 엄마는 없어야 하지만 동물 세계에서나 인간 세계에서나 버려지고 매 맞는 아이들은 언제나 있다. 어쨌든 착한 여자들은 자신의 특성으로 완전히 자리 잡은 사랑의 행위자 역할을 남자에 대한 사랑에서나 아이들에 대한 애정에서 동일하게 나타낸다. 물론 모성애의 핵심 요소인 책임감 역시 대단하여 그 헌신의 정도는 끝을 알 수 없을 지경이다. 반면 착한 여자 콤플렉스에 사로잡힌 여자들은 지나치게 남자나 자녀에게 몰입하거나 혹은 소진이 일어나면 빠르게 사랑의 대상에서 떨어져 나간다. 당연히 책임감도 일시적으로는 강해 보이지만 곧 무책임으로 돌아서는 경우가 많다. 책임을 질 에너지가 부족하기 때문이다.

헌신 역시 시간이 가늠 기준이 된다. 콤플렉스를 가진 사람들은 오랜 헌신이 어렵다. 일시적 헌신을 통해 인정을 받을 수는 있으나 인정이라는 보상이 없어지면 헌신은 곧 사라진다. 이런 특징들을 보면 발달의 측면도 알게 된다. 착한 여자들은 대개 흔히 말하는 EQ가 잘 발달된 사람들이고, 이들의 정서적 발달은 그렇지 않은 사람들에 비해 강한 공감력과 높은 수준의 배려를 보인다.

착한 여자 콤플렉스를 가진 여자들은 실제로 착한 부분도 있으나 의도적으로 착한 경우가 많다. 특히 시선이 의식될 경우 급격하게 착한 행동에 몰입하기 쉽고, 특히 그것이 동성인 여자들보다는 남자들의 시선이 있을 때 더 크게 나타난다. 타인에 의한 평가를 먹고 사는 착한 여자 콤플렉스는 외부의 시선이 없어지면 콤플렉스 행동도 이내 멈춰버린다.

그렇다면 착한 여자 콤플렉스를 가진 여자들은 나쁜 여자일까? 아니다. 결코 그렇지 않다. 단, 이들이 보이는 양상이 병리적인 측면을 가지고 있기 때문에 콤플렉스는 당사자에게 가장 해롭다. 착한 여자 콤플렉스를 가진 사람들이 도덕적인 문제를 갖는 경우는 거의 없다. 다만 소진이 빠르고 재적응이 어렵기 때문에 사람들 사이에서 열심히 일하고 죽도록 도와줘도 제대로 대접받지 못한다는 게 문제다. 나쁜 여자라기보다는 안타까운 여자라고 하는 게 더 적절할 것이다.

이들은 매번 최선을 다해 좋은 사람이 되려 하지만, 가지고 있는 에너지는 한정되어 있고 착한 사람은 거절하면 안 된다는 생각에 거절도 못하고 일만 쌓여갈 뿐이다. 그러다 결국 약속한 일들을 다 해내지 못하는 무능한 사람이 되거나 지키지도 못할 약속을 하는 사람이 되어버린다. 죽도록 헌신하고 버려지는 기분을 느껴야 하는 것이다.

은영 씨는 다른 사람들의 일을 떠맡고 고맙다는 이야기를 듣지만 완전히 끝내지를 못해 도움을 주고도 뒷담화의 대상이 되었다. 도와주면서 욕을 먹다니 얼마나 억울할까? 이런 은영 씨의 가장 큰 문제는 자기 자신을 잘 모른다는 점이다. 자신의 에너지 수준이 어느 정도인지, 능력은 어디까지인지, 체력 안배는 어떻게 해야 하는지 전혀 모르고 있다. 마치 배가 고프지 않은데도 꾸역꾸역 먹어대는 섭식 장애 환자처럼 자신이 할 수 있거나 받아들일 수 있는 용량이 얼마인지 알지 못한다. 일을 능력으로 받아들이는 것이 아니라 욕망으로 받아들이기 때문이다.

잘못된 완벽주의를 향한
헛된 몸부림

사람들은 선아 씨를 완벽주의자라고 부른다. 얼마나 꼼꼼한지 선아 씨가 맡은 일에 실수란 없다. 상사들도 그녀의 업적을 인정하는 데에다 미모까지 갖춘 선아 씨는 모두에게 언제나 인기인이었다. 그러나 그것도 잠시 선아 씨는 멀쩡히 다니던 직장을 옮겼다. 그렇게 이직한 지 불과 8개월 만에 그녀는 또 다시 다른 회사에 새로운 둥지를 텄다. 함께 근무했던 직장 동료들은 선아 씨의 퇴사를 너무나 아쉬워했지만 그녀의 퇴사 사유를 알 수 없었다. 누구는 아이 때문이라 하고, 다른 누구는 직장 내에서 선아 씨를 질투하던 여직원이 힘 있는 윗선의 딸이었고 그 여직원이 선아 씨에 대한 근거 없는 루머를 흘려 강제로 회사를 그만두게 되었다는 나름의 음모론이 거론되기도 했다. 그러나 사실 선아 씨는 자발적으로 사표를 냈다.

물론 새로 옮긴 직장에서도 역시 그녀는 완벽한 성격과 예쁜 외모로 주변의 칭찬을 한 몸에 받았다. 그리고 이번에는 7개월 만에 회사를 그만두었다. 다른 남직원과 추문이 있었던 것도 아니고 일도 잘하고 있었는데 그녀가 또 퇴사를 한 것이다. 선아 씨의 남편조차 도무지 그녀를 이해할 수 없었다. 아이도 없는 상황이고 또 굳이 아이를 원했던 것도 아니었기 때문에 아내인 선아 씨의 잦은 이직이 남편의 고민이 되었다.

선아 씨 부부가 상담실을 찾은 이유는 단지 이직 때문만은 아니었다. 선아 씨가 남편 몰래 피임을 했고 이 때문에 두 부부가 심각한 수준으로 싸움을 이어가면서 보다 못한 시아버지가 상담을 신청했다. 참고로 시아버지가 상담을 신청하는 사례는 아주 드물다. 부부의 이야기를 들어보니 시아버지도 몰랐던 엉뚱한 문제가 있었다. 남편의 가장 큰 걱정은 선아 씨가 피임을 해왔던 것에 있는 게 아니라 선아 씨가 집에서 전혀 식사를 하지 않는다는 점이었다. 주말이나 공휴일같이 집에서 쉬는 날에도 그녀는 밥을 먹지 않았다.

나 선아 씨! 선아 씨처럼 이렇게 잘하고 있음에도 불구하고 일정 시기가 지나면 곧 이직을 하는 경우는 둘 중 하나일 가능성이 높은데요. 더 나은 일을 할 수 있다는 생각이 있거나 아니면 실패가 두려운 경우인데 어떤 쪽인가요?

선아 씨 …

나 죄송하지만 남편 없이 따로 이야기를 할 수 있을까요?

선아 씨의 남편에게 양해를 구하고 선아 씨와 단 둘이 다시 이야기를 시작했다.

나   이젠 괜찮은가요? 어때요?

선아 씨   네. 남편 있는 곳에서는 말씀드리기가 좀 어려워서요. 아까 제가 잦은 이직을 하는 이유가 더 나은 일을 찾거나 아니면 실패가 두려운 거 둘 중에 한 가지라고 하셨죠? 사실 저는 실패가 두려워요. 항상 처음에는 잘하다가 뭔가를 조금만 길게 하면 제 바닥이 드러나고 실패했었어요. 그리고 실패하면 루저가 되고 주변 사람들도 다 저를 떠났기 때문에 저는 실패가 싫고 무서워요. 어려서부터 그랬어요. 긴 일은 안 돼요. 금방 탄로 나니까요. 다른 사람들이 제 한계를 알기 전에 멈추는 게 최선이에요. 이런 말씀드리면 좀 그렇지만 전 괜찮은 사람이 되고 싶어요. 괜찮은 사람이요. 다른 사람들이 다 칭찬하는 그런 완벽한 사람이요.

나   그럼 어느 기간 정도면 실패할 거라고 생각해요?

선아 씨   1년을 넘기면 안 돼요. 전에 직장에서도 1년만 넘으면 제 실력이 다 드러나고 사람들에게 유능한 사람으로 보이는 것도 너무 힘들어졌었어요. 동료들이 저를 파악해버리잖아요. 저는 그래서 직장에서 동료들과 절대 회식을 같이 안 가요. 회식 자리에 나가면 분명 말이 많아지고 결국 허점이 드러나요. 실패하는 데 정말이지 질렸어요.

나 실패가 두려워요?

선아 씨 네.

나 만일 선아 씨가 실패한다면 무슨 일이 생길까요?

선아 씨 사람들이 저를 싫어할 거예요.

나 그래서 식사도 하지 않는 건가요? 몸매가 망가지면 다른 사람
들이 싫어할까 봐요?

선아 씨 남편이 뚱뚱한 여자가 싫다고 했어요. 살찐 여자를 혐오한다
고 하더라고요. 살이 찌면 남편이 저랑 이혼할지도 몰라요. 임
신하고 출산하면 살이 찔 게 뻔하잖아요. 저는 어려서도 늘 뚱
뚱했어요. 대학 다닐 때도 미팅 한 번 나가본 적이 없어요. 전
뚱뚱하니까요. 만났던 남자도 없었어요. 남자들은 뚱뚱한 여
자를 싫어하니까 저를 싫어할 거라 생각했어요. 그러다 24살
때 맹장 수술을 하게 되었는데 건강에 문제가 좀 생겨서 거의
한 달 동안 죽만 먹어야 했어요. 그랬더니 살이 정말 많이 빠
졌어요. 그 이후로 거의 3년간 죽만 먹었어요. 약속이 있거나
밖에서 뭘 먹어야 하면 먹고 토해버렸어요. 저도 제가 걱정이
되긴 해서 병원에 갔더니 계속 토하면 다시 살이 찐다기에 그
때부터는 음식을 거의 먹지 않거나 죽만 먹었어요.

나 얼마나요?

선아 씨 24살 때부터 지금까지요.

나   그럼 15년을 그렇게 지냈단 말이에요?

선아 씨   네.

선아 씨는 음식을 먹지 않았다. 물론 15년 내내 미음만 먹은 것은 아니었지만 거의 대부분을 음식을 먹었다고 보기 어려운 수준의 식사를 했다. 그래서 그런지 그녀의 손목은 내 손목의 절반만 했고 그녀의 허리는 내 허벅지보다 얇았다. 선아 씨는 회사 사람들이건 남편이건 결코 같이 밥을 먹지 않았다. 회사에서는 점심시간에 따로 돌아다니거나 일이 있다고 말하고, 남편에게는 자신은 이것저것 먹어서 배가 고프지 않으며 어려서부터 많이 먹는 편이 아니었다고 둘러댔다. 그러나 이 모든 건 다 거짓말이었다. 선아 씨의 이런 생활 패턴은 장기간 지속되기 어려움을 본인이 더 잘 알고 있을 것이다. 그녀의 마음은 먹지 않아 비어 있는 속보다 더 고통스러워 보였다.

선아 씨에게 '완벽함'이란 무엇이었을까? 그녀에게 완벽이라는 말은 실수하지 않는 것 혹은 비난받지 않는 것이었다. 다 잘하고 싶었던 결과 그녀는 심각한 영양실조와 조기 폐경이라는 혹독한 대가를 치러야 했다. 아직 39살인 선아 씨는 이미 폐경 상태였다. 그녀는 본인이 피임을 하기 때문이라 생각했지만 사실 이미 폐경 상태여서 피임은 필요하지도 않았던 것이다.

자신의 능력과 완성된 일이 항상 일치하는 사람은 거의 없다. 사람이 어찌 한결같이 완벽할 수 있겠는가. 그러나 이런 사실을 인정하지 않고 고집스럽게 완벽을 추구하는 사람들이 있다. 완벽을 추구한다는 것이 죄는 아니다. 그러나 그 완벽을 유지하기 위해 더 중요한 것들을 잃게 되는 경우에는 상황이 달라진다. 완벽하지 않은 사람이 완벽한 사람이 되기 위해서는 완벽의 순간을 유지하다가 완벽에 금이 가게 되면 곧 그 상황을 벗어나야 할 것이다. 그리고 항상 완벽한 모습을 보여주기 위해서는 완벽을 유지하는 데 필요한 자신의 에너지가 고갈될 때마다 끊임없이 움직여야 할 것이다. 심리학에서 완벽은 고통의 상징이거나 병이다. 특히 실패 경험이 많았던 사람들이 완벽이라는 방향을 추구하는 경우 그 사람이 감내해야 할 고통의 총량은 지옥에서 맛보는 고통의 총량과 같다고 볼 수 있다.

완벽주의자들에게는 몇 가지 공통된 특징이 있다. 우선 실패에 대한 거부를 들 수 있다. 완벽주의자들에게 실패는 죽음과 동의어나 마찬가지다. 완벽을 위해 자신을 올인하는 완벽주의자들에게 실패란 모든 것을 잃는 것 그 이상이다. 또 다른 완벽주의자들의 특성은 고통에 대해 둔감하다는 점이다. 좀 더 정확히 말한다면 고통을 인정하지 않는다. 자신이 고통스럽더라도 그것은 원하는 목표에 철저히 가려진다. 목표를 위해서라면 자신뿐 아니라 타인의 희생도 강요한다. 마지막으로 완벽주의자들은 약함을 인정하지 않는다. 마음가짐이 약하면 목표에 도달하기 힘들어지기 때문에 목표를 향하여 전진하는 완벽주의자들은 강한 척, 쿨한 척한다. 설혹 한없이 여린 속내를 가지고 있다 해도 결코 인정하려 하지 않는다. 문제는 바로 여기에 있다.

사람들은 저마다의 능력 수준을 가지고 있다. 어떤 사람은 더 많은 능력치를 가지고 있고 어떤 사람은 상대적으로 능력이 덜하다. 모든 일에는 능력자와 무능력자가 있고 또 그 사이에 다양한 수준의 능력치들이 존재하고 있다. 그러나 완벽주의자들은 그 중간의 능력치들을 인정하지 않는다. '전부 아니면 제로all or nothing'와 같은 흑백 논리가 그들의 삶의 색깔이다.

일에 있어서 완벽을 기하기 위해서는 서툰 부분을 없애야 한다. 이 때문에 선아 씨는 다른 사람들에게 완벽한 모습만을 보여주기 위해 실수가 드러날지 모르는 시기를 모조리 지워버렸다. 그것이 그녀가 추구하는 완벽의 방법이다. 이런 모습을 보기가 어떠한가? 당신이 내 옆에 있다면 반드시 물어봤을 것이다. 그럼 당신은 뭐라고 대답할 것인가? 그렇다. 선아 씨는 소위 말해 답정너('답은 정해져 있고 너는 대답만 하면 돼'라는 줄임말)다. 그녀는 누가 봐도 비정상인 것이다.

비정상이란 말을 두고 여러 의미를 붙일 수 있겠지만 내가 보는 비정상성은 자기 자신을 모르는 데에서 온다. 즉, 비정상성은 자신이 어떤 능력을 가지고 있는지 또 어느 정도의 능력인지를 알지만 인정하지 않는 데에서 오는 것이다. 완벽주의자들은 몸으로 살지 않고 머리로 살며, 과정으로 살지 않고 목표로 산다.

자신의 능력 한계를 알고 있으면서도 완벽을 깨고 싶지 않다면 스스로가 만들어놓은 완벽한 세계가 깨지기 전에 그곳을 떠나는 것이 상책일 것이다. 그러나 그것은 완벽이 아니라 회피다. 회피는 완벽의 가장 반대편에 있는 단어임에도 불구하고 말이다. 다른 말로 하자면 선아 씨는 스스로에게 전혀 솔직하지 않은 사람이다. 완벽주의자가 아니라 겁쟁이다.

특히 여자들은 일에 대해 겁을 내는 경우가 많다. 남자만큼의 성과를 낼 수 있을지 걱정하는 여자들은 누가 뭐라 하지도 않았는데 스스로 직장인으로서의 무능감을 자주 느끼며 남자 동료들에 대한 열등감이 순간순간 튀어나온다. 무능감과 열등감을 가지고 살아간다고 생각해보라. 매순간이 얼마나 불안하고 위태로울지 불 보듯 뻔하다. 이 무능감과 열등감에서 벗어나기 위해 여자들은 더 많이 일하고 더 많은 것들을 선택한다. 완벽한 커리어 우먼의 핏fit을 위해서.

헛된 완벽주의에 빠진 그녀들에게 물어보고 싶다.

"다 잘하고 싶습니까?"

그리고 이렇게 말해주고 싶다.

"그러다 다 놓칠 수도 있습니다!"

뒷담화 없인
못 살아

어딜 가나 구시렁대는 사람은 있다. 눈앞에서는 찍소리도 못하면서 뒤로는 무한 성토하는 사람들 말이다. 직장인이라면 누구나 동료들과 회사 욕이나 상사 욕을 하면서 점심시간을 보낸 적이 한 번이라도 있을 것이다. 만일 뒷담화 대회가 있고 남녀 성 대결을 하면 '여자가 이긴다'에 오늘의 커피를 걸겠다.

아내와의 문제로 상담 중이던 우성 씨가 상담 중 다짜고짜 같은 사무실의 여직원에 대한 이야기를 꺼냈다.

우성 씨　　그걸 찌른다 해야 하나요?

나　　　　무슨 말씀이신지 좀 더 자세히 설명해주세요.

우성 씨　　아, 제가 있는 부서에 여자 대리가 한 명 있어요. 최 대리라고.

그런데 그 최 대리는 정말 알다가도 모르겠어요. 얼마나 뒷담화를 해대는지.

나   김 선생님에 대해서요?

우성 씨   아니요. 돌아가면서 이런저런 이야기를 엄청나게 하는 사람인데 그렇게 남의 욕을 해요. 그리고 다른 부서원들에게 들으니 내가 없을 때는 또 내 욕을 그렇게 해댔더라고요.

나   그래요? 그 일로 속상하셨나요?

우성 씨   속상하다기보다 뭐 뒷담이야 다들 하는 건데 정도가 좀 심해요. 죄송합니다만 여자들이 보통 남자들보다 심한 것 같아요. 그게 성격의 문제도 있겠지만, 여자들은 불만이 많다면서 임원 회의 같은 곳에서 기회를 주면 입도 뻥긋 안 해요. 우리 회사 남자들은 불만 사항에 대해 말을 곧잘 해요. 회사 내에 소통을 위해 열린 창구가 있어서 다들 종이에 적거나 인터넷을 이용해서 불만 사항이나 이런 것들을 올릴 수 있거든요. 주기적으로 그것들을 확인하고 회사에서 조정을 해줘요. 또 불만까지는 아니더라도 회사에 할 말이 있으면 거기에 대고 말을 하거든요. 그런데 여자들은 앞에서는 무조건 함구하면서 뒤로는 불만이 왜 그리 많은지 모르겠어요. 이게 여자들이 다 그런 건지 아니면 최 대리만 그러는지 원…

나   어떤 것 같으세요?

우성 씨   제 생각에는 최 대리가 유독 심하긴 한데 여자들이 좀 그래요.

그러니까 같이 일하기가 힘들어요. 여자들이 남의 애기를 얼마나 많이 해대는지 듣고 있을 수가 없어요.

〈한겨레 21〉이 구인 구직 사이트 잡링크와 함께 20~40대 이상 남녀 직장인 1023명을 대상으로 '직장인 뒷담화 풍속도'를 조사한 적이 있었다. 그 결과 34.2%는 하루 평균 30분 정도, 26.1%는 30분~1시간 정도 뒷담화를 하며, 특히 20대 여자의 35%는 1~2시간 정도 뒷담화를 하는 것으로 나타났다. 물론 뒷담화를 전혀 하지 않는 사람도 12% 있었다. 뒷담화의 주요 주제는 1위 답답하고 짜증나는 조직 문화, 2위 문제 상사, 3위 속 썩이는 동료나 후배였다. 뒷담화를 나눈 뒤에 하는 생각으로는 '위로가 된다' 30.7%, '허무하다' 28%, '더 짜증난다' 23.4%, '후련하다' 9.6% 등이었다.

여자들이 뒷담화를 하는 첫 번째 이유는 수다가 체질에 맞기 때문이다. 여자가 정보를 얻는 방식에서 주로 말, 즉 뒷담화를 선택하는 이유는 뇌에 있다. 많은 여자들에게 있어서 수다라는 존재는 때로는 피곤함의 원인이기도 하지만 대개는 일상이다. 이런 수다가 고통스러운 경우는 여자들에게 흔치 않다. 오히려 수다를 떨지 못하는 여자들에게 우울증이 더 빈번한 걸 보면 수다는 여자의 몸에 최적화되어 있는 게 아닌가 싶다. 이처럼 여자들에게 수다가 고통이 아니라 즐거움인 이유는 뇌의 측두엽에 있는 '베르니케 언어 중추(언어 저장고)'의 뇌 신경 세포가 남자들에 비해 두껍기 때문이다. 여자들의 경우 많은 이야기를 들을 수 있는 용량이 선천적으로 탑재되어 있고 동시에 여러 개의 정보를 한꺼번에 받아들일 수도 있다.

남녀 할 것 없이 뇌에는 여러 가지 신경 전달 물질이 있고 이중 세로토닌의 역할도 여자들의 수다 역학에 영향을 미친다. 알려진 대로 세로토닌은 우울증에 깊이 연관되어 있는 신경 전달 물질로서 여자가 남자에 비해 20~40% 정도 더 나타난다. 이와 같은 차이는 여자가 멀티 플레이어로 일상을 살게 하는 데 중대한 역할을 한다. 여자의 경우 친구에게서 온 전화를 받으며 우는 아이를 달래면서 동시에 가스레인지 위에서 막 넘치려고 폼을 잡는 된장찌개의 불을 끌 수 있다. 물론 가스레인지 불을 끄자마자 못 다한 다림질을 하는 동시에 인터넷 마트에서 장을 보고 아이 옷을 사기 위해 온라인 해외 직구를 할 수 있다. 이 와중에 전화기는 여전히 귀와 어깨 사이에 걸쳐져 있고 전화기 너머로 친구가 하는 말을 하나도 놓치지 않고 "어머! 정말?"과 같은 언어적 반응도 보일 수 있다. 모든 것들이 같은 공간에서 동시에 일어나지만 이 숱한 일들을 다 척척 해낼 수 있는 것이 바로 여자다.

여자가 뒷담화를 하는 두 번째 이유는 정서적 지지를 얻기 위해서다. '내가 이런저런 힘들고 괴로운 일이 있었는데 그건 누구누구 때문이다'라고 다른 사람에게 털어놓는 순간, 그 이야기를 듣는 사람이 나에게 주는 공감의 눈빛과 '그랬어?, 맞아!'와 같은 동조적 언어 반응만으로도 그 두 사람은 베프(베스트 프렌드)가 된다. 나의 어려움이나 질투를 이해해주는 사람은 곧 나와 감정을 비슷하게 느끼는 사람이기에 그 사람에게서 얻는 정서적 지지는 매우 크다. 특히 그것이 직장이라는 공통의 환경이고 더 나아가 공통의 적이 있는 경우 정서적 일치도는 거의 쌍둥이의 텔레파시 수준에 맞먹는다. 이런 정서적 지지는 집단주의 문화 속에서 동지를 만들어낸다.

뒷담화를 하는 또 다른 이유는 친밀감을 증가시키고 상대에게 공감을 얻어내기 위해서다. 균형 이론으로 유명한 심리학자 프란츠 하이더는 '사람은 관계적 특성이 있다'라고 말한다. 그에 의하면 세 사람이 있을 때 그 세 사람 사이에 긍정적인 관계, 즉 플러스(+) 상태가 되기 위한 방법은 세 사람 모두 잘 지내거나(+), 아니면 한 사람이 두 사람으로부터 미움(−)을 받고 이 두 사람은 잘 지내면(+)된다. 여기에서 후자, 즉 세 사람 중 한 사람이 소외되는 상태가 두 사람이 다른 한 사람의 뒷담화를 하는 경우다. 이렇게 되면 뒷담화를 하는 두 사람 사이에 친밀감이 증폭된다.

뒷담화를 하는 또 하나의 이유는 상황 통제 욕구 때문이다. 사람들은 누구나 새로운 대상에 대한 정보가 없을 때 그 정보를 얻기 위해 다른 사람에게 그 사람에 대한 정보를 묻게 된다. 이런 정보는 그 사람뿐 아니라 정보를 준 사람까지 통제하기 매우 유용하다. 정보를 준 사람은 자신이 준 정보에 대한 책임을 가지게 되며 이야기를 나누는 대상과 공감대가 확장된다. 한편 정보를 얻은 사람은 새로운 사람에 대한 정보를 얻었으니 상대적으로 관계에서 유리한 입지에 선다.

그렇다면 여자들은 남자들보다 회사에서 더 구시렁거리고 뒷담화를 더 많이 할까? 답은 '그럴 수도 있고 아닐 수도 있다'라고 해야 할 것 같다. 핵심은 여자들이 일터에서 본래적인 관계 욕구를 채우는 과정에서 수다는 정보 획득의 수단이자, 친밀감을 증가시키고 공감대를 확대하며 자신의 타고난 신체적 역량을 충분히 활용하는 과정으로서 기능한다는 점이다. 2~3시간을 떠들고도 나머지 이야기는 전화로 하자는 그녀들을 보며 남자들은 혀를 끌끌 찬다. 남자들이 볼 때는 도무지 이해할 수 없는 여자들의 뒷담화는 여자들에게 본능적 반응이자, 직장 내 생존의 한 방법이고, 경쟁을 위한 정보 수집 도구이며, 나아가 자신의 입지를 다지는 중대한 과정이다.

⑴ 주먹을 꽉 쥐고 못한다고 말하자. 유능한 여자는 거절도 똑소리 나게 잘한다.

① 도와달라고 하든지, 못한다고 하든지 어떻게 해서든 일을 줄여라.

② 힘든 일은 남에게! 다 떠맡는 건 결과적으로 다른 일까지 그르친다.

③ 거절 못하고 다 퍼주면 남는 게 없다. 에너지 소진이 빠르다면 당신은 강박증이 있거나 콤플렉스 환자이거나 둘 중 하나다. 스스로를 빨리 소진시키고 싶으면 있는 대로 퍼주고 또 퍼줘라. 그래 봤자 사람들은 당신을 '서툰 일 중독자'라 부를 것이다.

④ 한 번 민망하고 3개월 편하게 지내라. 승진할 것인지, 느리게 직장을 다닐 것인지 결정하라. 섣불리 두 마리 토끼를 잡으려 하지 마라. 욕먹고 죽은 사람 없다.

⑵ 둘 중 하나는 대충하자. 하나는 잘하고 다른 하나는 못해도 잘한 하나 덕분에 중박은 친다.

① 6시까지 할 일 다 했으면 귀가하라. 양쪽 다 무능한 건 처참해지는 지름길이다.

② 양육이 더 힘들다. 반드시 도움을 청하라. 기꺼이 죽는 시늉하면 일신이 편해질 것이다.

③ 불행한 완벽주의와 행복한 최적주의! 사랑과 노동 모두 잘하는 길을

찾는다면 이혼하는 게 제일 빠르다. 기혼자 또 직장맘으로 살면서 둘 다 잘할 수 있다는 말은 모두 신화다. 다시 말해, '레알'이 아니다. 완벽주의의 끝은 조기 사망이거나 최소한 조기 노화다. 인생은 길고 우리는 살기 위해 일하니 행복한 최적주의를 선택하기 바란다. 행복한 최적주의는 게으름이 아니라 생존을 위함이다.

(3) 뒷담화하지 말고 대답을 잘하자.

① 정답은 있다. 부분 점수에 해당하는 대안을 마련하라. 남자와 여자 중 직장 내 대답 순위를 매기면 항상 남자가 상위에 있다. '네!'는 문책 시간을 줄이고 상황을 종료하는 가장 빠른 지름길이다.

② 우물쭈물하지 말고 바로바로 대답하라. 대답하는 시간을 줄이고 빠르게 말하라. 공개적인 자리에서 우물쭈물하면 순식간에 '찌질이'가 될 것이다. 되건 안 되건 '네!'라고 대답하라. "네, 그리하겠습니다!" "네, 명심하겠습니다!"로 대답과 다짐을 함께 보여라.

③ 한 번 더 다짐 멘트! "네, 그리하겠습니다!"라고 말한 다음에는 반드시 상대의 눈을 쳐다봐라. 말보다 강력한 마침표다.

(4) 웃자, 좀!

① 얼굴을 있는 대로 찡그리면 있는 대로 당할 것이다. 죽상을 펴라. 웃는 얼굴은 유능함의 상징이고 좋은 성격의 상징이다. 직장에서 죽상이면 인생도 죽을 쑤게 될 것이다. 얼굴을 펴고 입꼬리를 올려라. 당신이 쳐

다보고 웃는 그 사람이 당신의 아군이 될 것이다.

② 하루 30분 당신의 시간을 가져라. 누구도 개입하지 못할 시간과 장소를 정하라. 그 장소와 시간이 바로 '나를 보듬어주는 환경'이 될 것이다. 이 30분을 자투리 시간으로 두지 말고 30분을 중심으로 나머지 일정을 짜라. 당신이 세상의 중심이 되는 첫 번째 출발점이 될 것이다. 인간은 쉴 곳과 시간이 있어야 여유가 생긴다.

③ 성적이 나쁘면 웃기라도 하라. 우리는 여왕개미처럼 성과를 내야 하는 직장인의 운명에 처해 있지만, 우리의 성적표는 우리의 소망과 다른 이야기를 하고 있을 때가 많다. 사람은 성과만으로 살아남지는 않는다. 성격이 당신을 구원할 것이다. 성격이 더럽다면 웃기라도 하라. 사람들은 웃는 사람은 성격이 좋다고 착각하니 말이다. 성격까지 좋으면 당신은 진정한 '갑'이다.

④ 상사를 달래는 유일한 힘인 거울 신경 세포를 활용하라. 불공평하고 더럽고 나를 싫어하는 상사와의 문제를 해결하는 일은 상사나 나 둘 중 하나가 없어지는 길 뿐이다. 그러나 상사도 불상사는커녕 몸까지 건강하고 나 역시 결코 일을 포기할 수 없는 상황이라면 돼지 같은 상사를 보고 웃어라. 윗니와 아랫니 사이에 빨대를 물었다 생각하고 진심을 쏙 빼고 웃어라. 힘들겠지만 단일 행동이 습관으로 자리 잡는다는 21일만 웃어라. 한두 주간은 상사가 오해하거나 드디어 미쳤다고 생각하겠지만 3주째에는 그 돼지가 당신을 보고 웃기 시작할 것이다. 3주만 견디면 당신은 웃는 돼지와 일할 수 있다.

3장

결혼 생활은

완벽하게 불완전하다

결혼하면
행복할 줄 알았는데…

여자에게 있어 한 남자를 남편으로 삼아 같이 사는 것은 일생에 몇 번 없는 일이다. 대개는 한 번이나 두 번 정도가 일반적이다. 첫 남자이든 아니든 그와 결혼에 골인해 지지고 볶고 산다.

나의 상담실을 찾은 현지 씨도 여느 여자들과 다름없이 결혼 생활하며 직장 다니며 아이를 기르고 있었다.

현지 씨 오빠랑 같이 오려고 했는데 그러질 못했어요.

나 오빠요?

현지 씨 남편요. 제 남편!

나 아, 남편요!

요새는 남편이 오빠고 오빠가 남편이 되는 세상이다. 나는 동생이 남편이 되었지만 남편이 나를 누나라 부르지는 않는다. 물론 본인이 필요할 때만 슬금슬금 다가와 누나라는 호칭을 써가며 없는 애교를 종종 부리기는 한다. 이런 일은 우리 부모님 세대에서는 상상하기 힘든 일이었고, 어른들은 입버릇처럼 세상이 많이 변했다고들 한다. 요즘 세상이 빠르게 돌아가는 건 맞다. 차도 빠르고 지하철도 빠르고 비행기도 빠르고 그리고 이혼도 빠르다.

현지 씨	지가 어떻게 나한테 그럴 수가 있는지…
나	무슨 일이기에 이렇게 화가 나신 건가요?
현지 씨	저도 직장 다니면서 열심히 살려고 죽을힘을 다했어요. 그냥 그놈이 처음부터 저를 속인 거라고요.

현지 씨가 울기 시작했다. 세련된 정장에 단정한 명품 가방을 들고 들어와서 자리에 털썩 앉자마자 울분을 토한 것이다.

현지 씨	다른 여자가 전화를 했어요. 그동안 전혀 몰랐는데 어제는 이혼하자고 하더라고요. 결혼한 내내 불행했다면서요. 난 이혼 따위 생각해본 적도 없는데… 나한테는 아무것도 없는데…

현지 씨는 그날 상담 내내 울다 갔다. 그리고 그다음 상담을 앞당겨

3일 후 밤 11시에 두 번째 상담을 시작했다.

현지 씨   이혼할 거예요.

나   지난번에 많이 울고 가셔서 걱정했어요. 어찌된 건가요?

현지 씨   남편이 제게 빌더군요. 이혼해달라고. 자기는 그 여자를 사랑한다고. 처음에 이혼하자고 그럴 때는 억울하고 제가 잘못한 것도 없이 이렇게 당하는 게 속상하고 분통이 터지고 그랬어요. 너무 당황스러우니까 말도 잘 안 나오고 숨도 안 쉬어지더라고요. 그런데 오늘은 제 회사 앞까지 와서 빌더라고요. 한 번만 봐달라면서 자기는 그 여자 아니면 안 된다고요.

결혼 6년 차인 현지 씨는 네 살짜리 아들이 하나 있고 맞벌이를 하며 남편과 별문제없이 지내왔다. 남편이 간간이 외박은 했지만 그건 출장 때문이었고 현지 씨도 회사일로 가끔 출장을 다녔으므로 전혀 문제가 되지 않았다. 늘 다정했고 연애 시절부터 목숨 걸고 현지 씨를 따라다닌 남편이었기에 다른 생각은 꿈에도 해본 적이 없었다.

현지 씨   처음엔 화가 났는데 길거리에서 제게 비는 모습을 보니까 불쌍하더라고요. 나랑 결혼하겠다고 별짓 다 하던 게 지금은 저러고 있구나 싶은 생각이 드니까 인생이 불쌍하게 느껴지더라고요. 그래서 훅 털기로 했어요.

나	3일 만에요? 쉽지 않았을 것 같은데요?
현지 씨	아니요. 쉬워요. 남편을 사랑하지 않는다고 생각하니까 이혼은 아무것도 아니더라고요. 뭘 바라고 저 사람 삶을 가로막고 저도 평생을 고통 속에 살아야 하나 싶기도 했어요.
나	이혼할 마음의 준비는 된 건가요, 현지 씨?
현지 씨	도장 찍고 그 사람은 빈 몸으로 나가겠다니까… 그럼 돼요.
나	도장 말고 마음의 준비 그리고 아이에 대한 준비요.
현지 씨	아이는 제가 키워요. 그리고 마음은… 차차 준비해나가야지요. 지금 이혼 안 하면 못할 것 같아요.
나	왜요? 남편을 아직도 사랑하나요?
현지 씨	…

현지 씨는 나와의 상담 후 이혼을 미뤘다. 자신이 어떤 감정을 가지고 있는지 충분히 생각할 시간을 갖기로 했다. 생각을 정리하는 3개월 동안 이혼 상담이 진행되었고 이들은 '잘 준비된' 이혼을 했다.

언젠가 부모의 이혼 이후 부모에 대한 배신감으로 어쩔 줄 몰라 하며 몸부림치던 한 중학생이 이렇게 물었다.

"사람들은 헤어질 거면서 왜 결혼해요. 서로 상처 줄 거면서 왜요?"

내 대답은 간단했다.

"누가 이혼할지 알았나? 그리고 상처 줄지 미리 알았겠어? 너도 아빠, 엄마가 이혼할 줄 꿈에도 몰랐지? 네 부모님도 이혼할 줄 꿈에도 몰랐어. 그분들도 깊이 사랑했거든."

사람은 왜 사랑에 빠지고 왜 헤어지는가? 이런 주제에 관심이 없는 사람들을 찾기 힘들 정도로 우리들은 '사랑'이라는 관계에 목맨다. 그러나 나는 이 주제에 별로 관심이 없다. 왜 사랑에 빠지는지 궁금하면 에리히 프롬의 《사랑의 기술The art of loving》을 읽어보고, 왜 헤어지는지 궁금하면 다짜고짜 싸워보면 된다. 나는 그보다는 결혼해서 헤어지기까지 그 중간에 있는 '일상'이 더 궁금하고 일상에 훨씬 관심이 많다. 예를 들어 '이 사람은 어떻게 살고 있나, 이 사람 일상에서 가장 중요한 일은 무엇인가, 뭘 먹고 어떤 영화를 누구와 함께 얼마나 자주 보나, 외식은 몇 번이나 하나, 중국 음식 시킬 때 짜장면인가 짬뽕인가, 잠자리는 몇 번이나 하나, 만족스런 체위는 어떤 것인가, 월경 주기는 잘 맞고 있는가, 피임은 어떤 방식으로 하나, 싸울 때는 어떻게 화해하나' 등이 훨씬 궁금하다.

내가 이런 자잘하고 별일 아닌 것에 관심을 두는 이유는 간단하다. 인간에게 사랑이나 이혼, 죽음과 같은 일은 매우 비일상적인 일이다. 사람들은 일상적인 일보다는 비일상적인 일에 관심을 두고, 이 비일상적인 일에 대한 가학적인 해석을 그럴듯하게 포장하는 떠벌이 철학자에게 열광한다.

누군가 나에게 세상에서 가장 힘이 센 것이 뭐냐고 물어본다면 나는 언제든 누구에게든 일상이라고 대답할 것이다. 일상만 순순히 진행되면 세상은 잘 돌아간다. 일상만 유지되면 사람은 그 일상 속에서 사랑하고 헤어지고 죽고 다시 태어난다. 나에겐 일상이 가장 강력하다. 먹고 자고 싸는 매우 일차원적인 것을 비롯해 나를 보호하고 나의 남편을 보호하고 나의 아이를 보호하는 일상, 그리고 가정을 꾸리고 그 속에서 같이 밥 먹는 일이 가장 중요하다. 그다음 순서는 또 다른 차원이다.

그렇다면 우리의 일상이란 대체 무엇일까? 나는 상담을 하러 오는 모든 사람들에게 하루를 어떻게 보내는지 물어본다. 이들의 평범한 일상과 문제를 가진 지금의 일상을 비교한다. 그리고 나의 상담 목표는 한결같다. 다시 평범한 일상으로 돌아가도록 돕는 것이다. 결혼한 사람들의 평범한 일상은 각양각색이다. 기상 시간부터 취침 시간, 밥 먹는 시간 등 하나부터 열까지 모두 다르다. 그러나 대부분 일정한 패턴은 가지고 있다. 그 패턴이 안정되고 다른 문제가 있더라도 그럭저럭 살아갈 수 있는 상태가 되면 상담은 종결된다.

우리가 누군가와 사랑을 하면서 매일은 아니더라도 짜릿할 정도의 행복이 오는 순간이 분명히 있다. 그리고 우리는 그 짜릿한 찰나의 순간을 기억하고 또 계획하며 결혼을 생각한다. 그렇게 결혼한 사람들은 시간이 지나면서 불평이 잦아지고 가끔은 고통스러워하기도 한다. TV 프로그램 '사랑과 전쟁' 같은 막장은 비일상적이기에 그런 문제로 화가 나는 경우는 일상에서 흔치 않다. 오히려 지나고 나면 아무것도 아닐 수 있는 사소한 일로 열이 오른다. 소소한 일상의 문제들만 잘 해결되면 부스럼이 암덩어리가 되는 일은 없다. 그런데 문제는 그 소소한 일들이 잘 해결되지 않고 은근한 고통을 반복적으로 줌으로써 불쾌지

수를 높인다는 점이다.

　페이스북이나 트위터, 내 동창들이 운집해 있는 밴드나 동료들 간의 카톡을 봐도 결혼 생활이 괴로운 건 나와 '사랑과 전쟁'의 주인공뿐이다. 드라마 주인공들이야 드라마 촬영이 끝나면 회식이라도 하러 가지만 나에게는 일상이 남아 있다. 나도 지루하지만 남편은 더 지루해하는 것 같아 짜증이 나면서도 불안하다. 좋은 아내가 되고 싶지만 결심도 하루 이틀이고 왜 나만 좋은 아내가 되도록 노력해야 하는지 모르겠다. 오히려 결혼할 때 나에게 했던 약속, 매일매일 행복하게 해주겠다던 약속은 남편이 지키지 않고 있는 것 같은데 말이다.

　싸이의 '연예인'이란 노래가 짜증난다는 내담자가 있었다. 결혼 전에 남편은 노래방에서 그 노래를 부르며 "그대의 연예인이 되어 평생을 웃게 해줄게요. 연기와 노래, 코미디까지 다 해줄게."라고 했는데, 지금 아내는 그 남편을 '미친 놈'이라 부른다.

　공주로 살 생각은 아니었지만 식모나 돈 벌어오는 기계로 살고 싶은 생각은 추호도 없었다고들 한다. 모든 여자는 행복한 아내로 살고 싶어 한다고 장담할 수 있다. 기혼 여자의 욕망은 함께 살아가는 남편과 행복하게 사는 것이다. 그렇다면 간절히 원하는데도 잘 되지 않는 이유는 무엇인가? 말을 바꾸자면 무엇이 내가 행복한 아내가 되는 길을 가로막고 있는 걸까?

남편을 잘 안다고
착각했다

기분 나쁠지 모르겠지만 머리 나쁘면 손발이 고생하는 것은 물론이고 평생 고생하는 것도 맞다. 여기서 '머리'는 IQ를 말하는 게 아니라 남편 다루는 방식을 전혀 모르는 것을 말한다.

> 내담자　3년이 넘어도 똑같아요. 한다고 하고는 안 하고 또 한다고 하고는 안 하고! 도무지 약속이라는 단어가 뇌에 없나 봐요. 그렇게 말을 해도 달라지질 않아요.
>
> 나　그럼 그건 남편이 안 하는 걸까요, 아님 못하는 걸까요?
>
> 내담자　안 하는 거지요. 그 나이 먹고 그걸 몰라요? 당연히 알죠. 알면서도 안 하는 거예요. 그러니까 더 괘씸한 거고요.

결혼 생활이 2년 이상 지난 부부들의 아내나 남편 중 한쪽은 앞에 나온 내담자와 같은 말을 하는 경우가 많다. 마치 의무 교육 교과서에서 필수 암기 영역인 듯 똑같은 단어와 문장으로 이야기한다. 내가 볼 때 이 말을 하는 부부들은 정말 믿음이 좋은 부부다. 간절한 바람은 결국 이루어진다고 배워왔기에 희망과 인내를 가지고 남편의 변화를 기다리고 있는 것이다. 이런 바람을 우리는 '피그말리온 효과pygmalion effect'라 부른다. 그러나 남편을 얼러도 보고 협박도 해봤지만 그들의 바람이 무색하게도 남편이 쉽게 변하지 않는다면, 이는 사실상 '컨트롤의 착각illusion of control'에 빠져 있는 것이다.

컨트롤의 착각이란 자신과 전혀 관련이 없는 것을 마치 자기가 통제하고 있다고 믿는 현상이다. 일단 사람이 컨트롤의 착각에 빠지면 우연이나 행운조차도 스스로 컨트롤할 수 있으며 자신이 하면 무조건 된다고 믿는다. 컨트롤의 착각은 카지노에서 쉽게 찾아볼 수 있다. 한 연구에 따르면, 주사위의 낮은 숫자가 나와야 하는 경우 사람들은 주사위를 보다 부드럽게 굴렸다고 한다. 그리고 반대로 높은 숫자가 필요한 경우에는 상대적으로 주사위를 강하게 던지곤 했다. 사실 주사위의 숫자가 어떤 것이 나올지는 확률의 문제이지 강약의 문제는 아니다. 그러나 그 사실을 뻔히 알면서도 놀랍게도 사람들은 중요한 이익을 얻어야 하는 순간이 되면 평소의 이성은 간 곳이 없고 영락없이 컨트롤의 착각에 빠지고 만다.

물론 컨트롤의 착각이 반드시 부정적인 면만 있는 것은 아니다. 대개 컨트롤의 착각에 쉽게 빠지는 사람은 세상을 긍정적으로 보는 경향이 있어서 사회에 보다 잘 적응하는 특성을 보인다. 자신이 선택한 것은 항상 남다르고 예쁘고 특별하다고 느낀다. 아마 배우자와의 선택도 그런 컨트롤의 착각 속에서 이루어졌을 것이다. 이 컨트롤의 착각 때문에 사람들은 자기가 선택한 관계에 의미를 부여한다. 특히 연애 관계에서 나타나는 컨트롤의 착각으로 우리는 자신의 애인이 잘생겨 보이고 성격적으로도 그 흔한 흠 하나 없어 보인다. 역으로 컨트롤의 착각은 실연하거나 결혼 생활이 불행할 경우 자신이 겪는 고통이 가장 큰 것으로 느껴지게도 한다.

이렇듯 일상생활에서 누구나 컨트롤의 착각을 경험하지만, 이런 착각이 남편과 같은 특정 대상에게 집중될 경우 그리고 막상 가능하다 생각했던 행동이 지속적으로 실패할 경우 여자는 무기력에 빠진다. 그리고 이는 남편과 함께하는 일상 속에서 반복적으로 나타나면서 학습된 무기력으로 자리 잡는다. 이쯤 되면 노력할 의지가 없으며 시도해봤자 아예 안 된다고 포기하고 시간에 모든 것을 맡긴다. 이렇게 자신도 모르게 서서히 컨트롤의 착각과 살아가고 막연하게 피그말리온 효과만 믿다가 파국에 이르는 부부를 많이 봤다.

단적으로 말하자면 남편은 결코 변하지 않을 것이다. 확신한다. 3년 차 남편만 안 변하는가? 30년 차 남편도 변하지 않는다. 남편이 자신이 원하는 방향으로 변하기를 한없이 기다리는 아내들은 믿음이 정말 큰 사람들이다. 어쩜 그리 굳건히 믿고 있는지. 지금껏 그렇게 숱한 노력을 했음에도 불구하고 남편이 달라지지 않았다면 혹은 오히려 원치 않는 쪽으로 변했다면 여기서 생각할 수 있는 경우의 수는 두 가지다.

하나, 남편이 절대 불변의 머저리다.
둘, 나의 방법에 문제가 있다.

둘 중 하나라면 당신은 어느 쪽이라고 생각하는가? 남편이 머저리인 걸까? 물론 가끔 그렇게 보이기도 한다. 그러나 이론적으로 보면, 분명 내 남편은 나와 같거나 높은 수준의 능력을 가진 사람임에 틀림없고 나의 부족분을 채워주는 사람이 분명하다. 앞서 언급했지만, 내가 어떤 사람과 사랑에 빠지게 되는가에 대해서는 정신 분석가 에리히 프롬의 《사랑의 기술》을 읽어보기 바란다. 매우 짧고 쉬우니 꼭 읽어보자.

대개 사람은 누구를 배우자로 택할까? 배우자 선택과 관련된 심리학 이론이 있지만, 우드리의 여과 이론filter theory이 가장 일반적인 이론으로 꼽힌다. 우드리에 따르면, 우리가 배우자를 선택하는 과정에는 다양한 선별 과정이 존재하며 우리의 잠재적 배우자는 각각의 과정들을 통과한 사람들 중에서 선택된다.

첫 번째 과정은 근접성이다. 자주 보는 사람과 눈 맞을 가능성이 높다는 것이다. 몸과 마음의 거리는 비례하는 법이다. 장거리 연애는 멀리 있어도 자주 접촉한 자들의 몫이며 초반의 간절함이 지나면 물리적 거리는 연인들의 적이다. 두 번째 과정은 매력이다. 하여간 사람이나 동물이나 매력적이어야 한다. 예쁜 사람들이 갖는 사회적 혜택은 앞서 말한 바 있다(1장을 참고하자). 고은 시인의 유명한 시구가 있다.

"자세히 봐야 예쁘다. 오래 보아야 사랑스럽다 너도 그렇다."

아니다. 외모는 금방 봐도 안다. 그리고 남자나 여자나 예쁘고 훌륭한 외모 앞에서는 이성이 작용할 틈을 주지 않고 바로 빠져든다. 세 번째 과정은 사회적 배경이다. 가까이 살고 잘생긴 남자가 여럿 있어도 나와 유사한 배경인 사람과 죽이 잘 맞는다. 종교, 일, 교육 수준, 경제 수준 등 다양한 측면에서 사회적으로 유사한 배경을 가지면 대화가 잘 통하고 부모님 등과의 이차 관계 형성에도 플러스 요인이 된다. 사회적 배경도 외모만큼이나 빠르게 파악된다(물론 의도적으로 숨기는 경우는 제외한다).

이런 과정을 거치면 네 번째로 의견 동의 과정을 갖는다. 이래저래 마음에 드니 가치관이나 취향 등이 서로 얼마나 맞는지 맞춰보는 것이다. 서로를 파악하는 데 시간이 좀 걸리긴 해도 이 과정을 통해야 진지하게 결혼을 생각하게 된다. 다섯 번째는 상호 보완성이다. 가진 게 비슷한 것뿐만 아니라 내게 부족한 부분을 상대가 얼마나 채워줄 수 있는지의 문제다. 그것이 경제적인 면이건, 정신적인 면이건, 심리적인 면이건, 외모적인 면이건 나에게 없는 부분을 가진 사람에게 끌리게 된다. 이것이 남들이 보기에 정반대의 성격인 것 같은 사람들이 결혼을 한 주요 이유이기도 하다. 여기까지 맞으면 이제 여섯 번째인 결혼 준비로 들어간다.

인정하고 싶지 않겠지만 당신이 만나 살고 있는 혹은 살았던 사람을 당신이 직접 선택했다면 아무리 우겨봐도 그는 당신의 이상형이다. 그 남자는 당신의 부족함을 채워주고 당신과 대화가 가장 잘 통하는 사람이고 당신이 가장 간절히 원했던 사람이 분명하다. 그가 소지섭이나 정우성, 김수현과 같은 이상형이 아닌데 무슨 소리냐고 하겠지만, 최적기준 모델ideal standards model에 따르면 우리는 이상형과 가장 차이가 적은, 곧 현실적으로 내 이상형에 가장 근접한 사람과 결혼한다.

인정하고 싶지 않지만 남편이 내 이상형이라 치자. 그런데 왜 그 이상형이 나에게 이런 고통을 주냐는 말이다. 그럼 결국 아내인 나에게 문제가 있다는 말일까? "난 그저 사랑하고 결혼하고 열심히 산 죄밖에 없는데…"라고 항변하고 싶은 여자들이 많을 것이다. 하지만 수백 번 같은 말을 반복해도 남편이 변하지 않는다면 그건 방법의 문제일 수 있으며, 나는 옳다고 믿고 변화를 가져오지 않은 방법을 절대 원소마냥 쓰고 있으니 분명 컨트롤의 착각 속에 빠져 있다고 볼 수 있다.

현실을 가만히 살펴보면 맞벌이 여자들은 정말 바쁘다. 역할이 도대체 몇 가지인가. 딸, 아내, 며느리, 엄마, 직장인 등 법적 지위와 사회적 역할을 생각해보면 많기도 많다. 물론 남자들도 아들, 남편, 사위, 아빠, 직장인 등 여자와 다를 바 없다고 항변하겠지만 일의 분량은 서로 다르다.

직장에서의 일의 분량은 각자의 몫이니 그렇다 치고, 한집에서 같이 사는 사람으로서 누가 더 가사를 많이 맡고 있는가? 대부분 여자들이다. 흔히들 가정적이라고 하는 남편도 대개는 잘 '돕는' 남편이다. 여자는 가사의 수장이자 말단이다. 집안의 모든 일을 떠맡고 더불어 아이의 양육이나 교육도 모두 여자들의 몫인 경우가 많다. 애가 아플 때 누가 열 일 제쳐놓고 뛰어가는지 보면 안다. 대부분 엄마인 여자들이다. 처가에서 사위의 일보다는 시댁에서 며느리의 역할이 아직도 현저히 크다. 그러고 보면 요즘 맞벌이 여자들은 슈퍼-슈퍼-슈퍼 우먼이다. 더구나 그 엄청난 일마다 다 잘해내려는 생각을 가지고 있으니 그야말로 놀랄 노자다.

그러나 그보다 더 놀랄 일은 주어진 역할들을 모두 해내면서도 욕은 욕대로 먹는다는 점이다. 더 많이 움직이고 더 많이 일하고 돈도 벌어오고 아이도 돌보면서 욕을 먹는 이유는 뭘까? 각각의 역할을 제대로 못하는 것도 아닌데 왜 여자는 노예처럼 일하면서 욕을 먹는 것일까?

잠 자 리 의   즐 거 움 은   잊 은   지   오 래

어디 일뿐인가? 피곤한 몸을 이끌고 들어와 집안일 해놓고 아이를 간신히 재워놓으면 우리에게는 힘든 '노동'이 남아 있다. 피곤해 죽을 지경이어도 한 달에 두어 번은 남편과 의무 방어전을 치러야 한다. 결혼 5년 차가 넘어가면 체위는 한 가지로 고정되기 쉽다. 일명 '시체위'다. 시체처럼 죽은 듯 누워 있으면 남편은 사랑이라는 가면을 쓰고 욕정을 해소한 다음 잠든다. 아이 낳고 키우며 일하느라 오르가즘이라는 단어조차 잊어버린 지 오래이나 어김없이 밤은 온다.

남편과 성관계 문제로 죽을 지경이라는 39살 수미 씨의 고백이다.

수미 씨 저는요. 제가 꼭 위안부 같아요.

나   위안부요?

수미 씨 하기 싫어도 해야 하는… 남편은 그게 아내의 의무라고 그게
        안 되면 부부가 아니래요.

나   그럼 수미 씨가 싫어도 해야 하는 거네요.

수미 씨 남편도 아마 알 거예요. 그런데 요즘은 정말 그게(잠자리) 끔
        찍하게 싫어요. 섹스리스, 섹스리스 하기에 왜 저러나 했더니
        우리 집이 그 짝이 나게 생겼어요. 정말 죽어도 싫은 거 있죠.

나   죽어도 싫다고 했는데 남편이 싫은 걸까요, 아님 성생활이 싫
        은 걸까요?

수미 씨 남편은 괜찮아요. 좋은 사람이고요. 그 사람이 싫은 건 아닌데
        정말 섹스가 지옥이에요.

나   그럴만한 계기가 있었나요?

수미 씨 없어요. 그냥 둘째 낳고 몸이 힘드니까 그때부터 싫어지더라
        고요.

나   남편한테 이야기해봤나요?

수미 씨 네. 그랬더니 "그럼 밖에 나가서 풀고 오란 말이야?" 하는 거예
        요. 근데 그럴 수는 없잖아요.

이러지도 저러지도 못하는 수미 씨의 심정이다. 그러나 많은 사람들이 부부 생활을 하며 같은 문제로 고민하며, 특히 30대~40대 초반까지 대부분의 부부들이 겪는 문제이기도 하다. 즉, 특수가 아니라 보편이다. 다만, 맞벌이 아내처럼 체력적 안배가 필요한 경우에 성관계 문제는 매우 심각해질 수 있다. 애가 싫어 개를 키울지언정 절대 피할 수 없다는 잠자리 문제는 최근 이혼 상담에서 빠짐없이 나온다.

어쨌든 중요한 사실은 여자들 중에는 일하며 애보며 돈 벌며 원치 않는 성관계까지 하면서 이래저래 욕을 먹는 이들이 많다는 것이다. 돈을 벌라고 하면서 집안일에 손 하나 까딱하지 않는 남편에게 여전히 저녁밥을 차려주고 있는 자신에 화가 나본 적이 있을 것이다. 우리는 이걸 '불공평'이라 생각하고 주장했지만, 지금은 그 불공평을 묵묵히 받아들이고 급기야 체력이 떨어지거나 각 역할마다 충분히 해내지 않으면 남편의 눈치가 보이고 내 스스로가 괜히 작아진다. 이게 어찌된 일인가.

남 편 은 왕 자 로 크 고   나 는 무 수 리 로   컸 나 ?

어느 시어머니가 며느리에게 아들이 귀하게 컸으니 잘하라고 했다는 말에 내가 물었다.

"그럼 며느리는 무수리로 태어났나요?

우리 중에 날 때부터 무수리인 사람이 어디 있겠는가. 형제가 대부

93

분 하나둘뿐인 요즘에는 아들딸 가리지 않고 다들 귀하고 귀하다. 아들만 귀하게 큰 것이 아니다. 남편만 외동인가 나도 외동이다. 남편만 귀하게 컸나 나도 설거지 한 번 안 해보고 결혼했다. 나도 귀하게 컸는데 왜 남편은 덜 움직이고 나는 더 움직여야 하는가. 남편이 나보다 더 힘도 세고 키도 큰 데에다 밤이면 힘자랑하려는 남편이 일상생활 할 때는 왜 꿈쩍도 하지 않으며, 나는 더 많은 에너지를 쓰면서도 왜 욕을 먹거나 스스로 죄책감을 갖게 되는지 이해할 수 없다.

우리는 왜 이리 모르는 게 많고 착각과 오류 속에 살아가는 것일까? 이에 대한 나의 대답은 하나다. 무식하거나 잘못 알거나! 아내로서 사랑받고 싶고 사랑하고 싶고 행복하고 싶고 짜릿하고 싶을 뿐인데 그 작은 소망 하나 이루지 못하는 이유는, 혹시 내가 사랑하고 싶고 사랑받고 싶고 인정받고 싶고 투자하고 싶은 대상인 내 남편을 잘 모르기 때문일 수 있다. 혹은 내 남편과 함께 살아가는 방법과 내가 꿈꾸는 모습을 찾아가는 과정을 잘 모르는 것일 수도 있다. 지금껏 남편을 너무나 잘 안다고 생각했는데 그야말로 그건 단지 나만의 착각이었을 뿐일지 모른다.

완벽하고 착한 아내
콤플렉스

지금까지 살아오면서 엄마 속 안 썩인 딸은 드물다. 딸로 태어나 딸로 사는 내내 속을 썩였다 해도 무방할 정도다.

태어나서 젖을 잘 못 빨던 영아기, 1년 365일 중 이틀 빼고 계속 골골대던 유아기, 넘어지고 자빠져서 찢어진 상처가 아직도 남아 있을 정도로 천방지축이던 아동기, 아침 먹으라는 성화에 아침마다 엄마에게 소리를 질러대던 중학교 시절, 틈나면 빼먹던 야자(야간 자율 학습)의 추억과 함께 대입 낙방이라는 고배를 마셔야 했던 고등학교 졸업식, 재수 생활 내내 들어갔던 돈이면 벌써 미스코리아에 당선될 만큼 고쳤을 텐데 하는 소리가 절로 나오고, 대학에 가서도 변변치 못한 성적으로 뻔뻔하게 몇 백만 원씩 하는 등록금을 당연히 부모님이 내줄 거라고 생각했던 시절도 있었다. 첫사랑을 하는 동안 말없이 외박했다 실종 신고까지 당했던 시기가 지나고, 취업을 못해서 집에서 솥뚜껑 운전하는 게 아닌가 싶을 때도 밥은 먹여줬던 엄마에게 왜 그리 못된 말을 퍼부었는 지…

엄마가 결혼 반대할 때 하지 말걸 하는 후회가 지금도 밀려드는 걸 보면 딸로 사는 여태껏 온갖 말썽이란 말썽은 다 부린 듯하다. 뭐 그렇다고 감옥을 갈 정도의 잘못을 하고 살지는 않았지만 엄마에게는 참 미안한 일투성이다.

놀라운 것은 여자는 결혼을 하면서 빛의 속도로 착해진다. 평생 속썩이던 딸이 누군가의 아내, 누군가의 며느리, 누군가의 엄마가 되면서 완전히 다른 인간으로 변모하게 된다. 그것도 아주 착한 인종으로 변하기 때문에 과히 인간판 트랜스포머라고 할만하다. 이 욕구는 평생 딸노릇하다가 결혼을 하면서 난생 처음으로 다른 역할을 맡게 되면서 새로운 세상에서는 마치 태생이 천사인 양 좋은 사람으로 새로이 각인되고자 하는 데서 온다. 남편은 아내의 '화려한 과거'를 장모가 입을 열기 전까지는 까맣게 모를 것이다. 그게 진정한 변화이건 아니건 간에 평생 엄마 말 안 듣고 자라왔으면서 갑자기 왜 착한 척을 하는 것일까? 과연 사람은 갑자기 착해지고 사람의 성격은 변할 수 있는 것일까?

사람이 갑자기 착해지는 경우가 적어도 두 가지는 가능하다. 하나는 그야말로 개과천선改過遷善하는 경우다. 이런 예는 그 사람 인생에 하늘이 땅이 될만한 사건이 있었을 때 나타난다. 그리고 극히 드물다. 대개 역사적으로는 성 어거스틴이나 마틴 루터 정도에게서 일어난 사건이라고 할만하다. 또 다른 경우는 필요와 목적에 따른 역할 선택이다. 착한 사람이어야 할 때 바로 그 특성을 연기하는 경우다. 물론 그러다 착해지는 사람도 간혹 있지만 대개 가짜는 수명이 짧다.

과연 성격이란 것이 변하는가에 대해 심리학자마다 이런저런 말들을 많이 하지만 대체로 성격은 변하지 않는 성질의 것이라는 설이 일반적이다. 즉, 성격은 그 사람만의 독특한 특징이라 나이가 들고 교육을 많이 받고 종교를 바꿔도 잘 변하지 않는다. 요즘은 MBTI 같은 성격 유형 검사들을 워낙 많이 하다 보니 나는 ISTJ, 너는 ENFP 하며 한마디씩 얹어 나와 같은 성격의 사람을 찾거나 그 방법으로 내 편을 찾기도 한다. 혹시 MBTI 성격 유형 검사를 아직 해보지 않았다면 인터넷에 들어가 실시간으로 검사를 받아보자.

여러 이론이 이런 성격, 저런 성격 이야기하지만 심리학에서는 기본적으로 A형 성격, B형 성격, C형 성격으로 분류한다. 이때 A형, B형, C형 등은 혈액형과 무관하다. 사람들마다 서로 혈액형을 묻고 성격을 점치는 일을 자주 하는데 심리학자들이 볼 때는 매우 답답한 일이 아닐 수 없다. 그건 마치 암에 걸렸는데 이마에 약풀을 붙이며 이게 명약입니다 하는 것과 같다. 성격과 혈액형 사이의 관계에 대해 왈가왈부하는 말들은 과학적인 근거가 전혀 없다. 논외의 말이지만, 혈액형과 성격을 연관시키는 것처럼 매우 일반적이고 누구에게나 있는 특성들을 마치 나에게 맞는 것처럼 이해하는 현상을 '바넘 효과 Barnum effect'라고 한다. 바넘 효과의 기본 전제는 '사실과 다르다'라는 것임을 잊지 말도록 한다.

원래 이야기로 다시 돌아와서, A형, B형, C형, D형 성격이라 할 때 이 분류는 1960년에 미국의 심리학자 하워드 프리드먼 박사가 분류한 것으로 혈액형과는 아무 관련이 없다. A형 성격은 화를 잘 내지만 성취욕이 강하고 불같은 성격 탓에 고혈압에 취약하다. B형 성격은 쉽게 화를 내지는 않지만 미묘한 감정 변화를 잘 느끼며 타인과 우호적으로 지낸다. B형 성격은 가장 오래 살아남는 인류들에게서 많이 나타난다. 한편 C형 성격은 인내심이 많고 자기희생적이나 수동적이다. 함께 살기에 정말 좋은 사람들이지만 이들은 수명이 매우 짧다. D형 성격은 부정적인 성향이 강하고 사람들과 잘 못 어울리며 화를 잘 억제한다는 특징이 있는데, 이들은 가장 수명이 짧다. 보는 것마다 속상한데 그 속상함을 겉으로 드러내지 못해 내 속이 터지니 오래살기는 어려울 것이다.

이런 성격 특성은 쉽사리 변하지 않으며, 우리나라 사람들에게서는 대개 A형이 가장 많이 발견된다. A형 성격을 가진 사람들은 성질이 급하고 목적의식이 강하다. 이 특성을 가진 사람들은 자신을 감추기가 어렵고 감정의 속도가 매우 빠르기 때문에 자기감정을 감추는 때는 학대나 위협의 상황뿐이다. 그만큼 A형 성격에게 있어서 포커페이스는 힘들다.

결혼 전 A형 성격이었던 여자가 결혼 후 자신을 감춘다는 것은 스스로를 학대 상황에 밀어 넣는 꼴이니 자해나 자살과 마찬가지다. 이런 가면은 A형 사람에게 맞지도 않을뿐더러 답답해서 오래 쓸 수도 없어서 곧 실상이 드러나게 된다. 물론 행복한 아내가 모두 가면을 쓰고 있다는 말은 아니다. 어쨌든 안 하던 일을 한다는 것 자체가 매우 어렵고 그것이 자신의 적성에 맞지 않는 특성이라면 고역이다. 그럼에도 불구하고 이 역할을 해내기 위해 안간힘을 쓰고 들킬까 봐 불안해하면서도 들키는 그 순간까지는 우선 착한 아내, 좋은 아내 코스프레를 하려 한다.

많은 여성들이 이런 착한 아내, 좋은 아내가 되기 위해 노력한다는 점이 상담자로서 안타까울 따름이다. 때로는 안쓰럽고 때로는 염려스런 줄타기를 보면서 어떻게 도울 수 있을지 생각한다. 적성에도 맞지 않는 착한 아내 역할을 하기 위해서 애썼던 이유는 단 하나, 남편에게 사랑받고 인정받고자 하는 마음인데, 그 고통스런 노력이 물거품이 되었을 때 남편에게서 느끼는 배신감은 얼마나 클 것인가. 어찌 보면 이 노력은 가상을 넘어 신성하게까지 느껴진다. 가능하다면 나의 노력으로 좋은 관계를 이루어보려는 시도이기 때문이다. 하지만 남 탓하지 않고 자신에게서 문제를 찾고 노력하기를 반복했음에도 불구하고, 그런 노력과 시도가 보상으로 와도 부족할 판에 자괴감이나 모욕으로 부메랑되어 온다는 건 비참함 그 이상일 것이다.

적성이건 가면이건 상관없이 아내들의 노력은 정말 대단하다. 그렇다면 남편과의 좋은 관계를 유지하기 위해 이런 뼈를 깎는 노력에도 좋은 결과를 얻지 못하는 이유에 대해 알아보자.

여우 같은 아내와는 살아도 곰 같은 아내와는 못 산다?!

모두가 여우 같은 아내가 되었으면 하는 것은 남성들의 절절한 염원이자 동시에 욕심쟁이 남편들의 앙큼하고 속 보이는 욕망이기도 하다.

그렇다면 어떤 아내가 곰 같은 아내이고 또 여우 같은 마누라는 누구를 말하는가? 내 주변의 '곰'을 지독히도 싫어하는 남자들에게 과연 곰 같은 아내는 현대 남편들에게 어떤 사람인지 물어봤다. 그랬더니 다음과 같은 답변이 나왔다.

느린 여자, 둔한 여자, 굼뜬 여자

답답한 여자

대화가 안 되는 여자

스스로 판단하지 않는 여자

사회성이 떨어지는 여자

생각이 더디고 판단 오류가 많은 여자

무조건 참는 여자

물론 그 밖에도 머리가 나쁜 여자, 일 처리를 못하는 여자 등 다양한 답변이 나왔지만, 그 내용들은 앞서 기술한 일곱 가지 항목 안에 어느 정도 포함되는 것이라 일단 일곱 가지만 적어봤다. 가만히 이 항목들을 살펴 한 문장으로 정리해보면 다음과 같은 여자다.

무조건 참고, 도움 따위 요청하지 않고, 답답한 생각을 제멋대로 하면서 하는 것마다 실패하고, 남편이 하라는 것을 제대로 하지 못하는 답답하고 둔하며 매우 한심한 여자

남자들이 말하는 곰 같은 여자란 한마디로 '등신 같은 여자'를 일컫는다. 이 시대의 남자들의 눈에 이렇게 보이는 곰 같은 여자는 결국 '같이 살기 싫은 여자, 같이 살 수 없는 여자, 남자가 한눈팔게 하는 여자, 자기 목소리가 없는 여자, 무뇌증처럼 판단을 남편에게 넘기는 여자'를 말한다. 이런 불편한 단어들을 나열하다 보니 나도 슬슬 빈정이 상한다. 그런데 이 단어들, 구절들, 문장들을 조금 다른 측면에서 보자면 다음처럼 설명할 수 있을지도 모르겠다.

인내력이 강하고, 문제를 스스로 해결하려고 노력하고, 생각이 많고, 강단이 있어 최선을 다해보려 하지만 실패를 경험하고, 남편의 조언에 충실하려고 최선을 다하지만 상황이 여의치 않고, 자신의 속내를 드러내기보다는 속으로 삭히며 타인을 탓하지 않는 속 깊은 여자

무리한 확대 해석일까? 어떤 시선, 어떤 방향에서 보느냐에 따라 대

상은 새롭게 해석될 수 있을 터이니 나의 해석이 팔이 안으로 굽은 격은 아니리라 믿는다. 가만히 두 번째 해석을 곱씹어보면 이는 전통적인 여인상을 떠오르게 한다.

신사임당이 지폐에 자리한 지 벌써 몇 년이 지났다. 어떻게 여러 독립 투사들을 제치고 신사임당이 지폐에 올라가 가부좌를 틀고 앉아 있게 된 걸까? 아들 율곡 이이가 이미 오천 원짜리에 올라 있는 마당에 한집안 모자 지간에 화폐에 자리를 같이하니 그야말로 가문의 영광일 것이다. 아들을 잘 키우면 화폐에 올라간다는 말도 있는데 그 아들을 키운 어머니까지 화폐에 올랐으니 대단하지 않은가. 물론 이런저런 논란과 소문이 있긴 했지만, 지금까지 전해지는 신사임당에 대한 일화를 보면 사임당이 전통적인 여성상, 어머니상을 대표하는 인물임에는 틀림없고, 우리나라 사람들의 머릿속에는 신사임당에 대한 그런 전형성이 각인되어 있다.

강릉에는 사임당의 남편이자 율곡의 아버지였던 이원수에 관한 유명한 일화가 있다. 자식인 율곡은《율곡문집》에서 아버지에 대해 '진실하고 성정이 좋고 꾸밈이 없는 분이며 너그럽고 검소하고 옛사람다운 기풍이 있었다'라고만 적고 있다. 율곡의 나이 26살에 돌아간 아버지를 두고 꽤 짧은 글이 남아 있는 이유는 오랜 별거 생활 때문이었다.

신사임당은 강릉 처가에 신접살림을 차리고 남편 이원수를 성공시키려는 생각에 남편에게 출세를 위한 '10년 별거'를 제안하며 학문에 정진할 것을 권한다. 하지만 홀어머니 밑에서 우유부단하고 유약한 성격으로 자란 이원수는 부인 신사임당의 곁을 떠나지 못하고 집을 떠나는 족족 되돌아오기 일쑤였다. 이에 사임당이 만일 공부하러 가지 않으면 자신이 머리를 깎고 산으로 들어가겠다고 엄포를 놓자, 유약한 남편 이원수는 결국 서울로 올라가 3년간 공부에 매진하고 수운판관이라는 벼슬에 오르게 된다.

그런데 서울로 올라가기로 작정하고 나서도 강릉 처가로 돌아오기를 반복하던 중간에 한 주막에 들른 사건은 더욱 유명하다. 이원수가 주막에 들렀을 때 그곳의 주모가 이원수에게 적극적인 구애를 했다. 간신히 주모의 유혹을 뿌리친 이원수는 처가로 돌아가 아내인 사임당과 합방을 했고 거기서 율곡이 생겨났다. 이원수는 다시 집을 떠나오며 무슨 생각에서인지 주모의 소원(?)을 들어주기 위해 주막에 갔지만 주모는 이원수를 문전박대하며 내쫓았다. 양반 체면에 다소 부끄러울 수 있는 추문이다. 야사이니만큼 믿을지 말지는 각자의 몫이다. 다만 이 짧은 이야기를 들으며 사임당의 처지를 생각해보면 마음이 답답해진다.

사임당은 누가 뭐래도 야망 있는 여성이다. 남편을 성공시키고 아들을 훌륭하게 키워내며 그야말로 현모양처의 모습을 두루 갖추기 위해 얼마나 피나는 노력을 했겠는가. 그러나 가만히 살펴보면 그 속은 좀 달랐을 것 같다. 지적이고 야망 있는 아내가 바라보는 우유부단하고 무능한 남편을 향한 눈빛은 어떤 것이었을까? 자존심 세고 성취욕 강했던 사임당의 속사정으로 남편 이원수를 평가해보면 다음과 같을 수도 있다.

가부장 사회에서 변변한 구색 하나 갖추지 못하고 처가살이하며 친정 부모 눈치 보게 하는 남편, 줏대 없고 무책임하여 하라는 공부는 않고 공부하라고 서울로 보내준다 해도 되돌아오기를 반복하는 무능하고 게으르고 용기 없는 남편, 양반의 자존심 따위 개에게나 주라는 듯이 동네에 남사스러운 소문이 나게 하고 몇 백 년이 지난 지금에까지 소문이 전달되게 만드는 호색한인 남편, 그나마도 외도에 성공한 것이 아니라 그 당시에 낮은 신분이었던 주모에게까지 동침을 거절당하는 어처구니없는 남편

물론 이원수와 관련된 다른 여러 비하인드 스토리가 많이 전해진다면 그의 인간적이고 훌륭한 모습을 좀 더 찾아볼 수는 있을 것이다. 그러나 하필 남은 이야기가 이원수에게 불리하니 다소 무리하여 신사임당의 속내를 상상해봤다. 그렇다면 이런 남편과 어쩔 수 없이 함께해야하는 삶이 주어진 야망의 여인 신사임당은 과연 어떤 심정이었을까?

남편과 잘 안 맞지만 다른 선택이 불가능한 아내, 유일한 성공 수단인 공부를 통한 출세를 마다하는 남편을 두고 속앓이 하는 아내, 그 당시 사회통념상 동네에 소문난 남편에 대한 부끄러움을 속으로만 감내해야 하니 충분한 자기표현을 하지 못하고 글과 그림으로 치밀어 오르는 공격성을 잠재우고 홀로 삭혀야 했던 아내

지식이 있고 야망이 있어도 주어진 울타리에서 선택된 것만을 수용

해야 하는 상황에 놓이면 그저 곰 같은 여자가 될 수밖에 없다. 과거에는 무조건 참아야 하고 무차별적으로 수용해야만 하는 여자들의 운명이 공교롭게도 매우 자연스러운 일이었다. 안타까운 것은 그에 따른 고통은 항상 개인의 몫이라는 점이다. 우리네 어머니들이 살았던 사회는 여자들이 고무신 같은 낮은 신을 신고, 길고 답답한 치마 속에 다리를 감추고, 모든 것을 참고 견디고, 인내를 금같이 생각해야 비로소 생존이 가능했다. 즉, 이런 사회 속에 사는 사람들은 주어진 곳에서 주어진 삶을 살아야 하는 곰 같은 여자가 돼야 하는 운명이었다.

현대에 사는 우리가 왈가왈부하거나 페미니스트들이 강력한 입담으로 과거 여자의 일생을 비판하지만, 사실 당대 여자들도 별다른 방도가 없어 '그러려니' 하고 산 것이다. 물론 그 당시 남자들도 본인들에게 득이 되면 득이 됐지 해가 될 건 없었으므로 여자들이 그렇게 사는 게 옳은 것이라 철석같이 믿었다. 그게 문화의 힘 아니겠는가. 그때는 곰이 통했다. 곰이 사람이 되었다는 신화가 먹혔던 시대에는 곰이 가장 우세했다. 그리고 곰 같은 특성이 당대의 미덕이었다.

현 대 사 회 에 는 여 우 같 은 여 자 가 핫 하 다

더 이상 '곰의 시대'는 없다. 곰의 시대에는 인내가 미덕이었고 모든 감정을 억누르며 살아야 했다. 그것이 사랑의 또 다른 이름이기도 했다. 여자가 표현할 수 있는 사랑은 오로지 모성애, 즉 어머니로서의 사랑뿐

이었다. 아이들 특히 아들들은 여자들 삶의 유일한 에너지 투입 대상이었고, 희망의 대상이었으며, 스스로를 위로해줄 수 있는 주체이자 그들을 위해서라면 희생도 기꺼이 감수할 수 있는 대상이었다. 인간에게 사랑과 노동이 생애 주제라고 할 때 당시 여자들에게 노동은 집안일과 육아가 전부였다. 그들의 에너지가 소진되며 아이들이 자랐고 부엌 가마솥에 여자의 청춘을 쏟아부어야 굴뚝으로 연기가 올라왔다.

그러나 지금은 여자들이 달라졌다. 땅에서 10센티미터는 족히 떨어진 구두를 신어 과히 공중 부양 수준에 다다랐고, 가마솥과 장작 대신 스마트폰과 운전면허증에 자신의 청춘 에너지를 할애한다. 펑퍼짐해서 몸을 가리던 옷을 던져버리고 속옷이 보일 듯 말 듯 아슬아슬한 미니스커트와 가슴이 돋보일 수 있게 뽕브라를 사 입는다. 더 이상 감추고 참는 시대가 아니라 드러내고 창조하는 시대인 것이다. 여자들의 이런 천지개벽할 변화가 어떻게 왔는지는 여성 인권의 역사나 여성학 책을 읽어보면 면면을 알 수 있을 터이니 필요하다면 관련 도서들을 참고해보도록 하고, 여기서는 여우 이야기를 해보자.

이 시대에는 더 이상 곰이 존중의 대상이 되지 않는다. 인내로 상징되던 곰이 뒤로 밀리고 지혜의 상징인 여우가 득세하는 시대가 되었다. 이들은 자신의 생각과 마음을 현명하게 표현하는 방법을 모색하고 보여지는 성과와 열매에 집중한다. 현모양처가 사랑이라는 이름으로 사회와 가족을 위해 자신을 희생하고 그것을 미덕이라 불렀던 세상은 가고, 이제 사랑을 만천하에 드러내고 여자 스스로가 대놓고 사랑을 표현하는 시대가 왔다. 여우들에게 사랑은 감추기보다 드러내는 것이 되었고, 노동은 더 이상 주어진 것이 아니라 선택하는 것이 되었다. 이런 여우들에게 노동은 단순한 생존과 유지가 아니라 창조와 실현을 위한 에너지 투여다. 노동은 나를 소진시키는 환경이 아니라 나를 발전시키고 드높이는 환경이 되었다. 여우들에게 아이들은 희망의 대상이라기보다는 공존의 대상이고, 위로의 대상이기보다는 격려의 대상이며, 희생의 대상이기보다는 투자의 대상이 된다.

공격적인 교육열, 자본주의의 달콤함, 민주주의의 권리, 문명의 침습이 여자들의 문화를 완전히 바꾸어놓았고, 과거의 곰은 선사 시대의 공룡마냥 거대한 몸을 땅에 떨군 채 사라져버렸다. 육신 하나로, 자신이 가진 것만으로, 남이 주는 것만으로 살면서 위기 상황에서는 마냥 당하기만 하고 전통이란 미명 아래 감각적으로 무뎌져버린 곰은 지금은 정신 화석으로만 남게 되었다. 그리고 공룡이 죽고 난 자리에 새로운 종이 새로운 세상의 주인이 된 것처럼 곰 시대의 화석 위에 여우의 시대가 도래했다.

남자도 답답한 여자는 싫다. 여자 스스로도 곰 같은 삶은 원치 않는다. 남자들이 말하는 곰 같은 아내는 행동의 속도라기보다는 남편의 마음을 읽어내는 능력을 말한다. 곰 같은 아내가 묵묵히 일하며 '육신' 하나로 모든 것을 채워나갔다면, 여우는 마음을 빠르게 읽어내는 능력으로 '말'이라는 새로운 통로를 사용한다. 스스로 판단하지 않고 주어진 명령에 움직임으로 순응했던 곰의 시대와 달리 여우들은 자신의 지혜와 지식으로 말한다. 그 말로 주변을 움직이고 위기 상황에 대처하기도 하고 피해 가기도 한다. 자신이 가지고 있는 것만으로 위기 상황에 대처할 때는 포기하기 쉽고 포기란 단어 자체가 곰 같은 아내들의 일반적 특성이기도 하다. 반면 여우 같은 아내들은 다른 기회를 모색한다. 여우들은 새로운 감각을 발달시키며 항상 예민하게 촉을 세우고 때로는 상대를 기만하기도 한다. 신사임당이 앉아 있는 5만 원권을 들고 정보 검색을 통해 찾은 가장 맵시 있고 합리적인 가격의 하이힐을 사러 나가는 세련된 여자, 이들이 바로 이 시대의 여우다.

현상 유지에 힘을 썼던 곰의 시대가 지나고 스마트폰으로 얻은 정보로 자신의 지평을 확장하고 창조하는 여우의 시대가 왔다. 이 둘은 서로의 가치관이 너무나 다르고 문명의 내용이 다르며 주체의 특징도 다르다. 그저 받아들이는 수용이 미덕인 시대가 가고 창조하는 것이 새로운 미덕이 된 사회에서 신사임당은 더 이상 남편들의 로망이 아니다.

착한 여자, 즉 전통적 상징으로 자리매김한 신사임당을 꿈꾸고 있다면 당신은 아직 곰의 시대에 살고 있는 것이다. 비현실적 실제로 살아가는 이들은 당연히 고통스러울 수밖에 없다. 지금은 여우의 시대가 아닌가.

결혼 생활에 대한
착각과 환상

남자를 움직이는 힘은 뭘까? 어떻게 하면 남편이 내게 잘 해줄까? 어떻게 하면 남편을 내 마음대로 주무를 수 있을까? 남편이 언제든 나에게 협조하게 해주는 알약은 없나? 누구든 그 약을 발명하면 노벨 평화상과 노벨 의학상 등 이 세상에 돌아다니는 모든 상을 휩쓸 것이다. 남편과 함께 같은 곳을 보며 밝은 미래를 펼쳐나가겠다는 나름 큰 꿈에 부풀어 결혼했는데 그게 참 쉽질 않다.

감자가 고구마가 되기를 바라는 것도 아닌데 남편과 잘 어울려 살아가지 못하는 이유는 뭘까? 앞서 언급한 컨트롤의 착각이나 착한 아내 콤플렉스도 문제가 되겠지만, 가장 심각한 이유는 바로 착각과 환상이다. 처음부터 상상과 꿈, 환상이 뒤범벅되어 시작된 결혼이 현실 속의 여러 가지 문제에 부딪히게 되면 트러블이 생기는 것은 당연지사다.

결혼을 하면 싸우는 날도 있겠지만 대부분은 행복할 것이라 믿었고, 지지고 볶으면서 미운 정이나마 정이 쌓이며 사랑도 깊어질 것이라 생각했고, 혼자보단 둘이 낫다고 내 배우자가 나의 부족한 부분을 채워줄 것이라 굳게 확신했다. 남편과 나는 같은 방향을 보는 사람이라 당연하게 생각했고, 결혼은 곧 안정이라는 일종의 자기 합리화로 나를 위로하며 더 이상 외롭지 않을 것으로 알았다. 살면서 익숙해지는 것이니 처음엔 좀 싸우더라도 갈등 조정 방법을 익혀가면서 세월에 대한 지혜도 차곡차곡 쌓을 수 있을 것 같았다.

위에서 말한 환상 중 몇 가지나 현실이 되었는지 생각해보자. 다섯 가지 이상이라면 정말 대단하다. 서너 가지라도 대단한 것이다. 한두 개만 있어도 행복의 나라로 출근하는 일이 꽤 있다. 그러나 대개는 0개일 가능성이 높다. 이유는 간단하다.

환상은 신화의 세계를 불러온다. 부부 신화들이 얼마나 많은가. 일상적인 부부 신화의 내용은 다음과 같다.

① 사랑한다면 우리는 항상 행복해야 한다.
② 부부 사이에는 비밀이 없어야 하고 절대적으로 정직해야 한다.
③ 부부는 늘 함께 있어야 하고 따로 있는 것은 사랑이 깨졌다는 확실한 증거다.
④ 부부는 모든 문제에 동의해야 한다.
⑤ 부부 사이에 문제가 있다면 누구 잘못인지를 결정해야 한다.

⑥ 부부는 상대편이 무슨 생각을 하고 무엇을 좋아하는지 다 알고 있어야 한다.

⑦ 좋은 관계는 자연스럽게 발생하므로 노력은 오히려 부부 관계를 어색하게 만든다.

⑧ 부부가 같이 있는 시간이 길수록 친밀감이 증가한다.

⑨ 부부는 최고의 친구이고 최고의 가족이다.

그 밖에도 수많은 부부 신화가 있다. 부부 신화란 무엇을 말하는가? 신화라는 말 자체가 신들의 이야기, 즉 현실이 아니라는 뜻이다. 물론 신화를 통해 우리의 삶의 지혜를 빌려올 수는 있지만 신화 자체로 현실의 삶을 보여줄 수 없다. 위의 부부 신화들의 특징은 모두 당위이거나 예외 없음이다. 다시 말해, 착각이고 환상이다.

수진 씨   이해할 수 없어요.

나   뭐를요?

수진 씨   박수가 한 손만 있다고 쳐지는 게 아니잖아요. 분명 양손이 마주쳐야 나는 거잖아요. 남편은 아니라고 해요. 자기는 깨끗하다고. 분명히 이상한 사이인데 자기는 아니라는 거예요. 왠지 좀 이상했어요. 두 달 전부터.

나   두 달 전부터요?

수진 씨   지나고 보니까 그때 했던 말이며 행동이며 문자까지 다 연결

되어 있어요. 분명해요. 나에게 숨기려고 했겠지만 가만 생각
해보니 퍼즐이 들어맞아요. 나를 속이려고 처음부터 계획했
던 게 분명해요. 저는 다 알아요. 지호아빠 마음을 다 읽어요.
어떻게 할지도 다 안다고요. 그 사람은 완전히 제 손바닥 안에
있어요. 그런데 거짓말을 해요.

　　남편의 정조를 의심하는 수진 씨는 자신이 남편의 감정까지 읽고 예
측하고 있다고 말했다. 수진 씨의 경우 남편에 대한 의심을 키우는 데
가장 큰 역할을 한 건 수진 씨의 확고한 자기 확신이었다. 그리고 한 가
지 사건을 중심으로 나머지 모든 상황을 퍼즐 맞추듯 연결시켜 하나의
스토리를 만들어냈다. 수진 씨 남편은 상담자인 나에게 '자신은 아무
일이 없었으며 여전히 수진 씨를 사랑하고 있는데, 수진 씨 마음대로
시나리오를 짜놓고 오직 자기 말이 옳다고 굳게 믿고 있어서 미쳐버릴
것 같다'라는 심정이라고 했다. 누가 옳고 누가 그르건 간에 수진 씨의
믿음은 점점 더 견고해질 것이고 상황은 점점 더 나빠질 것이다.
　　부부 관계를 위협하는 중대한 요인 중 하나는 근거 없는 상상이다. 자
신이 맞다는 생각을 고집하는 사람은 자신의 주장에 힘을 실어주기 위
해 여러 가지 근거를 가지고 온다. 그것도 아주 유리한 근거를 가지고 오
기 마련이다. 이러한 현상을 '확증 편향'이라고 한다. 확증 편향은 자신
이 가진 신념과 일치하는 정보에만 주의를 기울이고 그 신념과 모순되
는 정보는 무시하는 성향을 말한다. 확증 편향이 심한 사람은 자신의 내

면에 어떤 결론을 사전에 내린 다음 자기 생각이 옳은 이유를 찾아 앞뒤 인과 관계를 짜 맞춘다. 반대 자료가 아무리 많고 중요해도 모조리 무시하고, 누군가 반대 주장을 해도 몇 가지 차이점을 들어 근거를 무효화시키거나 주장 자체를 거부해버린다. 쉽게 말하자면, 자신의 주장을 지키고자 고집을 부리는 가장 일반적인 방법이다. 스스로가 맞다고 생각하기 때문에 자신을 돌아보거나 의심하는 일은 거의 없다.

부부 신화는 부부 사이의 확증 편향을 견고하게 한다. 부부 신화이건 확증 편향이건 이 둘은 모두가 아예 부부 간 대화의 통로를 막아버린다. 그럼에도 불구하고 자신이 옳다는 무조건적인 착각이나 결혼 생활은 이러이러해야 한다는 강력한 환상이 머리를 가득 채운 배우자와 나누는 말은 대화라기보다는 통보이거나 설득에 더 가깝다. 이것은 일방통행의 시작이다. 자신이 똑똑하고 이성적이라 믿는 여자라면 확증 편향이 더 강할 가능성이 높다. 이런 경우 남편과의 좋은 관계는 물 건너갔다고 보면 된다.

⑴ **남편을 공부하자.**

① 시키는 대로 해도 안 된다면 순종이 체질에 안 맞는 것이다. 능력 있는 당신에게 순종이라는 것은 어려울 수 있다. 사춘기 시절 내 부모에게도 안 하던 순종이 갑자기 남편 앞에서 되겠는가. 군대 짬밥만 같이 안 먹었지 별 차이 없이 커온 사이에 무슨 갑작스런 순종인가. 억지로 순종하려니 안 된다면 순종 따위 때려치워라. 체질에도 안 맞고 마음에도 안 맞는 것이다.

② 어차피 남편은 시키는 대로 안 할 거라는 걸 알고 있지 않은가. 사실 당신도 남편이 시킨다고 해서 그대로 할 생각이 없으리라. 같이 살면서 '내가 벌이가 모자라, 인격이 나빠, 학벌이 꿀려' 하는 생각이 든다면 당신은 남편과 365일 중 352일은 싸울 것이다(13일은 생일, 기념일, 각종 휴일 및 출장 일자를 뺀 날들이다).

③ 남편을 이기려고 하지 마라. 답답하거나 꽉 막힌 남편은 이길 수 없다. '말을 못 알아들으니 사실 이 논쟁에서 이길 자신이 없다'라는 진중권의 말을 기억하라. 이기려고 들면 결코 이길 수 없다. 우기고 막 나가면 끝인 걸 남자들은 잘 알고 있다.

④ 대통령이라 부르고 개처럼 부려라. 라즈니쉬의 말대로 사람을 앞으로 걸어가게 하는 방법은 두 가지가 있다. 하나는 뒤에서 총을 겨누는 방

법, 다른 하나는 앞에 꽃을 놓는 방법이다. 남편이 어련히 알아서 해주면 좋으련만 대체로 남편은 무념무상이다. 남편에게 무조건 칭찬하고 잘했다 하고 수시로 조물조물 만져줘라. 뭐든 "당신이 최고야!"라고 말하라. 특히 가사 분담할 때 칭찬을 엑기스로 부어라. 당신의 칭찬 앞에 남편은 평생 기쁨에 몸부림치며 자발적 노예로 살게 될 것이다.

(2) 조련사가 되자.

① 남편은 개다. 규칙에 따라 움직인다. 모든 인간의 학습 방법이 남편에게도 유효하다. 일관된 규칙을 만들고 그 규칙을 잘 지키면 닭살이 돋도록 칭찬하고 지키지 않으면 울거나 성질을 내도록 하라. 규칙은 없던 관계를 만들고 개도 사람이 되게 한다.

② 규칙을 살피고 새로 만들어라. 대부분 딱히 규칙이 없다 말하는데 모든 집은 규칙이 있고 모든 관계에도 규칙이 있다. 형편없는 규칙을 과감히 버리고 새로운 규칙을 마련하라. 일방적으로 규칙을 만들지 말고 남편에게 물어보는 방식으로 자신이 원하는 규칙을 가져와라. "자기야, 내가 힘들어서 그러는데 주말에 한 번 화장실 청소 가능할까?" 대부분 알겠다고 할 것이다. 그래놓고 안 할 가능성이 높긴 하지만 일단 말했던 그 주에 한 번은 하므로 그때 칭찬 쓰나미를 보내라. 말로 마음만 만지지 말고 몸도 기꺼이 만져줘라.

③ 규칙을 분산하라. 감정 규칙(싸울 때는 이러이러하게 풀어주세요), 언어 규칙('야'보다는 'ㅇㅇ씨'라고 불러주세요), 생활 규칙(12시까지는 꼭 오기

로 해요) 등 규칙을 만들되, 각각 두 가지를 넘기지 않도록 하라. 남자들은 머리가 좋지 않다.

⑶ **남편은 힘이 아니라 말로 녹이자.**

① 우주선을 발사시키는 건 버튼이다. 완력으로는 결코 남편을 움직일 수 없다. 소리 지르는 힘의 500분의 1이면 남편을 움직인다. 슬슬 등 긁어준다 생각하고 남편을 움직여라. 세 치 혀가 장정을 움직일 것이다.

② 남자는 유전적으로 열등하고 상명하복에 익숙하다. 한 가정의 가장으로서 산과 같은 남편이나 그도 천생 인간이고 천생 남자다. 어머니의 가슴에 대한 의존이 높고 상사의 힘에 복종하는 심리 메커니즘을 가진 인간이란 말이다. 우리에게 상사로서의 힘은 없으니 힘으로 밀어붙이는 건 진작에 포기하라.

③ 가슴을 활용하라. 작아도 어쨌든 가슴이면 충분하다. 남편에게 아내의 가슴은 크기에 상관없이 쉼의 공간이고 수용의 공간이다. 술 냄새에 짜증이 나도 가끔 안아주고 기꺼이 토닥여 재워라. 시커먼 다리털이 무성한 그 남자는 곧 신생아처럼 당신의 가슴에서 잠들고, 당신을 위해 무엇을 할까 생각하며 아내의 '분부'만을 기다릴 것이며, 죽으라면 죽는 시늉도 할 것이다.

⑷ **낮이 밤져(낮에는 이기고 밤에는 져주자)!**

① 주기적으로 성관계하라. 당신의 남편은 당신 눈에는 시원찮아 보여도

나름 욕정덩어리다. 2~3일이면 정액이 고이며 얼추 짐승이 될 것이다. 주기적 성관계는 피곤한 여자들에게 고역 중에 고역이겠으나 분명 기능을 한다. 혹여 남편이 외도하진 않을까 하는 불안이 최소화될 것이고 실제로도 외도 가능성이 최소화된다. 남편은 자신을 위해 기꺼이 몸을 내주는 아내에게 충성한다. 또한 주기적 성관계는 여자들의 노화 예방에 기여하고 나름 일상의 소소한 기쁨이 되기도 한다. 죽을 때까지 오르가즘 한 번 못 느껴보고 죽고 싶으면 띄엄띄엄 죽지 못해 하고, 오르가즘의 정상 경험을 해보고 싶다면 주기적으로 성관계 하라. 기꺼이 밤에 져줘라. 그러면 낮에 이길 것이다.

② 매번 힘껏 할 필요는 없다. 네 번에 한 번만 열심히 하라. 어찌 맨날 요부처럼 할 수 있겠는가. 대략 25%만 열심히 하라. 나머지는 죽은 듯 하든 아니면 자면서 하든 마음대로 하라. 네 번에 한 번 적극적으로 응한다면 남편은 그 한 번을 기억하며 결코 나머지 세 번을 탓하지 않을 것이다. 네 번에 한 번의 만족이면 인간의 몸과 마음 모두를 사로잡을 수 있다.

③ 성적은 네 번에 한 번만 매겨라. 부부 간에 성관계를 할 때 가끔씩 성적을 매기도록 하라. 네 번에 한 번 적극적인 반응을 할 때 기꺼이 남편에게 A⁺를 줘라. 아내에게 좋은 성적을 받기 위해 나머지에도 열과 성을 다하게 될 것이다.

4장

시월드에서

며느리로 사는 법

시월드,
Si-world

결혼을 하고 남편과 함께 살아가는 일이 쉽지만은 않다. 서로 무엇인가를 하고 싶은 때time가 다르고, 가고 싶은 곳place이 다르고, 하고자 하는 방법way이 다르기 때문이다. 그나마 이 정도 차이는 낫다. 가족 중에는 남편 말고 나를 힘들게 하는 복병이 숨어 있기 때문이다. 바로 시어머니다.

한 명만 있을 때, 둘이 있을 때 그리고 셋 이상의 사람들이 있을 때 관계를 형성하면 그 역동은 제곱수로 늘어난다. 1의 제곱은 1, 2의 제곱은 4, 3의 제곱은 9… 이런 식으로 늘어가는 역동이 상하 관계에서, 특히 다른 문화적 관계에서 발생하는 경우 거기서 오는 스트레스와 고민은 결코 숫자 놀음에서 끝나지 않는다.

요즘 '시월드'라는 말이 시댁에서 살아가는 여자들의 고통 지대를 일컫는 상징어처럼 쓰이고 있다. '시'자가 들어가기에 '시'금치도 안 먹는다는 농담은 며느리살이가 녹록치 않음을 단적으로 보여준다. 사회에 나가면 수많은 연장자들이 있지만 그 수많은 어르신들과 행여나 싸울 일이나 미워할 일이 거의 없는데, 왜 하필 내가 사랑하는 사람의 어머니인 그 연장자, 그 어르신은 나에게 시련을 안겨주는지 도무지 답을 알 수 없는 문제이자 출구를 잃은 미로다. 무엇 때문에 고부 관계가 고통의 관계로 이어질까? 불치병도 낫게 한다는 현대 의학에 고질적인 부종처럼 부어 있는 고부 관계에 대한 명약은 왜 나오지 않는 걸까?

시월드를 군이 영어로 쓰자면 Si-world 정도가 되겠다. si는 주로 줄임말로서 그 용례를 찾아보면, 화학에서 규소의 원소 기호 si, 시스템 통합업체system integrator, 돼지 인플루엔자swine influenza, 스포츠 일러스트레이티드sports illustrated 잡지의 약자로 쓰인다. 이 단어들을 가만히 살펴보면 시월드에 si를 쓰는 것이 맞기도 한 것 같다. 규소는 냄새와 맛이 없으며 성질이 차고 무거우니 시월드와 유사하고, 시어머니를 중심으로 한 통합 시스템이 구축되어 있으니 시스템 통합업체 또한 맞고, 심신을 괴롭혀 병들게 하니 돼지 인플루엔자 같기도 하고, 남성들의 지지를 얻으며 영향력을 계속 유지하니 스포츠 일러스트레이티드 잡지와도 무관하지 않다.

고부를 사전에서 찾아보면 대략 여덟 가지 정도의 뜻이 나온다. 다들 다른 한자를 사용하지만 단순히 그 뜻만 보자면, 시어머니와 며느리를 아울러 이르는 말姑婦, 사람의 죽음을 알림告訃, 시누이의 남편姑夫,

오장과 서로 짝을 이루지 않는 삼초를 달리 이르는 말孤府, 남의 호의나 기대 따위를 저버림孤負 등이 있다. 가장 전면에 나오는 일반적인 단어들만 적어봤는데, 우연인지 각자 다른 한자임에도 고부라는 말에 긍정적인 의미는 하나도 없다. 어쩌다 고부 관계가 고통의 관계가 되어버린 걸까?

시어머니는 공경의 대상인가, 공격의 대상인가

"어머니는 짜장면이 싫다고 하셨어."

왕년 아이돌 god는 이렇게 노래했다. 그러나 우리는 사실 어머니가 짜장면을 무척 좋아한다는 사실을 알기에 자식에게 한 입이라도 더 먹이고자 하는 어머니의 가슴 찡한 사랑을 되새기며 울컥했다. 시어머니도 짜장면이 싫을까? 사실 시어머니는 짜장면을 싫어하는 것 같기도 하다. 며느리가 밥하고 설거지하는 게 귀찮아 살짝 어머니 눈치를 보며 짜장면을 시켜 먹자고 하면 "애, 무슨 짜장면이니. 집에서 밥해 먹으면 되지. 너희 외식 자주하니? MSG 잔뜩 들어 있다는데. 아범이 얼마나 번다고 그걸 시켜 먹어. 6명이면 돈이 얼마야."라고 꾸중할 게 분명하다.

시어머니를 두고 '시답지 않은' 어머니, '시른(싫은)' 어머니라 부르는 등 명칭도 가지가지다. 며느리들은 시어머니가 왜 시답지 않고 왜 싫을까? 며느리의 말들을 가만히 살펴보면 흥미로운 점을 발견할 수 있다. 시어머니가 며느리에게 직접적이고 물리적인 해를 가해서라기보다는 상당수의 며느리들은 시어머니의 불합리성을 지목한다. 즉, 시어머니가 말도 안 되거나, 부적절하거나, 때로는 어른답지 못한 말과 행동을 한다고 지적한다. 다음을 살펴보자.

제사를 고집하고
겉과 속이 다르고
지나치게 음식을 많이 하고
같은 여자라도 며느리와 딸 그리고 한때는 며느리였던 당신 자신에 대해 이중적인 태도를 취하고
형평성에 어긋나는 일을 당연한 것처럼 평가하고
더 배운 고학력 며느리의 지식을 무시한다.

시어머니의 말도 안 되는 판단과 지시, 그런 불합리와 불공정이 가족적 권위라는 명분으로 힘을 얻는 어이없는 고집 그리고 그 안에서 이런 점을 지적할 수 없어 속으로만 들끓는 며느리의 정의감이 서로 부딪히면서 고부 관계는 점점 미궁 속으로 빠져들게 된다. 도대체 왜들 이러는가.

며느리 입장에서는 관계의 공평성에 대해 심각하게 생각하게 된다. 딸로 살면서 가지고 있던 공평한 대우로 공부했고, 용돈 받았고, 직장

에서 자유로웠고, 누군가의 부인이 되기로 선택했다. 그러나 결혼과 동시에 불공평을 경험하면서 자신의 정체성에 대한 불안을 느끼게 된다.

'난 누구인가? 그리고 여긴 어딘가?'

균등한 기회가 사라지고 불균등이 당연하게 받아들여진다. 같이 먹고도 나만 설거지를 하고, 같이 있어도 나는 의사 결정권자 순위에서 밀려난다. 내가 가장 많이 배운 자이고 가장 합리적인 선택을 하는 사람인데도 말이다. 결국 분배의 정의에 대해 생애 첫 고민을 시작하는 때가 바로 시월드에 입성하는 시점이다.

사람은 과정이 정의로운 경우 배분의 결과를 순순히 용인하는 경향을 보인다. 그러나 시어머니가 나에게 어떤 과정을 통해 이렇게 불리한 배분의 결과를 주는지 누구도 설명해주지 않는다. 고등학교 이상의 고등 교육을 받은 여자라면 공평과 불공평, 그중에서도 내가 불공평한 대우를 받았을 때 그 상황을 겸허히 받아들일 수 있는 사람은 많지 않다. 우리 모두가 사회적인 평가나 가치, 무엇보다 자신에 대한 적절한 존중과 예의를 지켜주기를 바란다. 결혼 전에는 한 번도 생각지 못한 정의에 대해 진지하게 되돌아보게 되고 사람들 사이에서의 정의, 즉 사회적 정의에 대해서 고민하게 된다. 특히 사람은 자신의 정체성 문제가 두드러질 때 정의에 대해 생각하기 쉽다.

이를 심리학에는 '정체성 접근 모델accessible identity model'이라고 부른다. 사람들이 정의롭다 혹은 불의하다고 판단하는 것은 주관적인 입장에서 이루어진다는 의미다. 다시 말해, 누구에게든 정의는 자아와 밀접한 관계가 있어서 자신이 가치 있는 존재로서 충분히 존중받고 있다고 느끼면 어떤 물리적 차별도 수긍할 수 있는 반면, 내가 평가 절하되고 있다고 느끼거나 존중받지 못한다고 생각되면 이 사회가 매우 불평등하다고 결론짓는 것이다. 실제 정의가 무엇이건 간에 내가 정의롭다고 느끼는지가 중요하다.

결혼 생활에서도 마찬가지다. 결혼과 함께 새로이 소속된 사회가 불합리하거나 나를 존중하지 않고 부당하게 대한다면 이 사회가 정의롭지 않다고 느끼게 되면서 자신의 정체성에 대해 불안감을 느끼게 된다.

재미있는 것은 대개 불안이 생겨나면 사람들은 이를 해소하기 위해 몇 가지 공통적인 대응 반응을 보인다. 가장 일반적인 방법은 일단 불안해지면 자신이 속한 집단에 대한 사회적 소속감을 강화하려 한다. 물론 사회적 소속감을 강화하는 방법 중 하나는 자신이 속한 사회와 문화가 규정한 가치와 규범 체계를 가능한 한 철저하게 준수하는 것이다. 따라서 결혼을 하고 정체의 불안을 가지고 있는 며느리들은 자신의 소속감을 강화하기 위해 시월드가 제공하는 사회적 규범을 지키기 위해 노력한다.

그런데 여기서 문제가 되는 것이 바로 공정성의 규범이다. 내가 속한 사회에서 나에 대한 공정하지 못한 상황이 발생하게 되면, 사람들은 대개 문화적 규범과 가치가 훼손되었거나 잘못되었다고 생각하고 이를 수정하기 위해 행동한다. 이런 행동이 가능한 것은 내가 속한 사회는 공정하지 않을지라도 적어도 나 자신은 공정하다고 생각하기 때문이다.

새로 편입된 사회인 시월드의 최고 결정자인 시어머니에 대한 며느리들의 시선은 불평등과 불합리로 인해 불편하다. 이런 불편은 며느리들의 정의감에 불을 지핀다. 그리고 불평등과 불합리를 개선하고자 하는 며느리들의 개혁 의지는 적어도 며느리들에게는 명분이 있다. 불의를 바로잡고 정의로운 순간을 맞이하기 위한 교정 작업의 시작, 곧 성전聖戰이다.

새로운 사회에서 발생하는 불안에 대처하는 두 번째 방법은 자신의 자존감을 강화시키는 것이다. 사회 심리학에서 사회 계기판 이론에 따르면 자존감은 사회적 존재인 인간이 사회적 관계를 맺는 데 있어 하나의 계기판과 같은 역할을 한다. 따라서 어떤 사람이 사회적 관계에서 성공하면 자존감이 높아지고 실패하는 경우에는 자존감이 낮아진다. 마치 자동차 연료 계기판을 통해 기름이 얼마나 남았는지 알 수 있듯이 주관적 자존감을 통해 사회적 관계에서의 성공 여부를 확인하는 것이다. 자신의 존재와 자신의 주장, 자신이 가지고 있는 신념을 강화하기 위하여 타인의 확인을 받는 과정을 거치기도 한다. 며느리들이 시월드에서 자신을 존속시키고 안정적으로 살아가기 위해 노력하는 과정은 자신의 존재를 강화하고 끝까지 자신을 지키려는 것과 같다. 욕구 중에서 가장 강력한 생존의 욕구가 최대치로 절실해지는 전쟁 상황처럼 자신을 지키고 보호하고자 굳게 마음먹고 주먹을 꽉 쥐게 된다.

그리고 세 번째는 종교를 믿고 불안을 다루거나 완화시키는 방법이다. 자신을 지키며 불안을 줄이려는 이유 때문인지 사람은 어려운 순간에 종교를 찾는 경우가 많다는 사실을 고려할 때, 며느리들의 신앙은 언제든 하늘을 찌를 것이다.

문화적 차이에서 오는 갈등이라고 부르든 아니면 개인적인 인간성의 문제라고 부르든, 충분히 합리적인 자신의 판단과 충돌되는 의견을 강압적으로 강요할 때 불안이라는 신경줄을 타고 정의감의 벨이 울리기 시작한다. 심신이 지친 며느리가 제안한 짜장면 의견을 자신의 취향의 문제로 혹은 자신이 지불하지도 않을 비용을 문제삼아 거절하거나 묵살해버리는 시어머니는, 짜장면을 싫어하는 다른 취향의 소유자가 아니라 고통받는 며느리의 작은 요청을 묵살하는 전제적 군주의 엄포다. 그리고 민초의 목소리처럼 며느리의 항거는 정의감으로부터 시작된다. 고통을 읽어주는 옆 사람과는 다툴 일이 없다. 다만, 고통을 무시하는 윗사람과의 평화는 좀처럼 해결되지 않는 인류의 숙제로 남는다.

어른들 말 틀린 거 하나 없다?

'어른 말씀 틀린 것 없다, 어른 말씀을 잘 들으면 자다가도 떡이 생긴다'라는 말을 귀에 딱지가 앉도록 들었다. 물론 현대인들도 어른의 지혜와 경험은 인류의 유산이고 현재를 살아가는 우물물 같은 것이라는 점을 잘 알고 있다. 그들의 청춘을 양분삼아 현재가 만들어졌고 그들의 삶의 지혜는 인류를 통과하는 수직봉이라는 것도 알고 있다. 그러나 이제 그들의 유산은 과거가 되어버렸고 그때와는 너무나 다른 현재에서는 더이상 적용하기 힘든 상황이다. 철기를 넘어 원자력의 시대로, 선의 시대를 넘어 전파의 시대로, 땅의 시대를 넘어 우주의 시대를 살고 있는 사람들은 연필 대신 휴대폰에 달려 있는 펜으로 한정된 공책이 아니라 거의 무한 저장이 가능한 '노트'를 사용하고 있고, 보이는 현실 저장 공간이 아니라 보이지 않는 사이버 저장 공간을 사용하고 있다. 손에는 호미와 쟁기가 아니라 마우스와 스마트폰이 들려 있고, 발목을 덮어야 했던 옷의 길이는 4분의 1로 길이가 줄었다. 바닥에 붙어 다니던 신발을 벗고 공중 부양 하이힐을 신고 다닌다. 거간꾼 대신 자동차 키를 들고 다니는 세상이 되었고, 핵가족으로 산 지도 오래다. 세상이 180도 달라졌다.

어른들 말 잘 들으라는 것은 흡사 깬 석기(타제 석기)를 쓰던 사람이 간석기(마제 석기)를 쓰는 이에게 돌을 깨서 사용하는 법을 가르치며 그게 옳다고 말하는 모양새처럼 되어버렸다. 지혜는 더 많은 지식이 대치하게 되었고, 설사 그만한 지식이 없더라도 내 조부모도 모르는 레시피를 초록색 창에 두어 글자만 치면 수백 수천 개의 조리법이 사진과 동영상까지 제공되며, 정보가 실시간으로 그것도 아주 친절하게 한국어로 번역되어 나오는 세상이 되었다. 왕들이나 먹었다는 신선로, 우리 시어머니는 못해도 나는 할 수 있다. 그렇게 해서는 절대 담그지 못할 거라는 된장, 나도 인터넷 보고 담근다. 심지어 시어머니가 한 것처럼 짜지 않고 더 맛있어서 다른 사람들이 돈 받고 팔라고 난리다.

오히려 시어머니 말 들었다가 큰코다칠 일이 많다. 벌에 쏘인 아들에게 된장을 발라 염증이 심해져 응급실로 달려가거나, 머리에 상처가 크게 났는데 그저 빨간약을 바르고 손 얹고 살살 비벼주고는 다 나았다고 말해 결국은 두피가 더 찢어져 머리에 바늘 자국을 늘려놓은 경우도 있다. 배 아프다는 아이를 할머니 손은 약손이라고 했다가 맹장염이 복막염이 되기도 하고, 시어머니 입으로 꼭꼭 잘게 씹어 아이 입에 밥을 넣어 먹여준 결과 시어머니 입의 바이러스가 아이에게 옮겨져 평생 헤르페스를 달고 살아야 하는 일도 있다. 서울 구경시켜준다는 놀이로 아이의 머리를 잡고 공중으로 올려 결국 경추가 빠져 전신마비로 평생을 살아가기도 한다. 물론 너무 극단적인 거 아니냐는 사람들도 있겠지만 이런 불상사가 발생했던 건 분명한 사실이다.

24시간이 부족할 정도로 잘못된 정보를 일상에 쏟아부으며 살아가는 시어머니의 잘못된 진리를 과연 지혜라는 이름으로 받아들여야 하는 걸까? 며느리들은 현대의 정보와 합리성 그리고 시어머니의 삶의 경험, 이 두 가지 앞에서 선택하라는 주문을 받는다. 어느 편에 설 것인가?

'도덕률'이라는 말이 있다. 이에 대한 사전적 정의는 모든 사람의 실천적 행동 기준으로 생각할 수 있는 법칙이다. 여기에서 실천적 행동 기준으로 생각할 수 있는 법칙은 문제가 되지 않는다. 문제는 '모든 사람'이다. 도덕률이 시대의 가치를 대변하고 있다면, 모든 사람 특히 요즘 사람들이 따르는 도덕률은 이전 사람들의 것과 내용이 전혀 다르다. 더 이상 변명할 수 없을 정도로 달라진 세상에서 아무리 우겨봐도 시어머니의 경험은 힘을 잃어가고 있는 것이 분명하다. 물론 입장을 바꾸어 놓고 생각해보면 시어머니도 곤욕스럽기는 매한가지다.

아무리 우겨봐도 어쩔 수 없네.

'어른은 존경받아야 한다, 어른을 존경해라, 어른 말씀을 들어라'라는 말은 그들의 지혜와 삶의 노하우를 전수받으라는 뜻일 것이다. 그리고 이 말에는 그 기술을 지닌 어른들의 가치를 존중하라는 문화적 도덕률이 함께 있다. 그러나 맞지도 않은 말을 하는데 어찌 동의할 수 있겠는가. 틀린 말에 고개를 끄덕이라는데 어찌 그리하겠는가. 지난 일을 현재라고 말하는데 누가 옳다 하겠는가. 도무지 존경할 수 없는 말을 하는 이를 존경해야 한다면 막말로 미쳐버릴 일이다.

고집스럽게 비현실적인 정보를 강조하는 대상을 존경하는 것도 도덕률일까? 버튼만 누르면 밥이 되는 세상에 가마솥밥 물을 못 맞춘다고 나무라는 시어머니, 냉동 만두와 주문 만두가 실시간으로 배달되는 시대에 만두를 예쁘게 못 빚으면 못생긴 딸을 낳는다는 시어머니, 김치를 못 담그고 제 맛을 못 낸다고 며느리 흉을 보는 시어머니에게 주기적으로 선물을 드리며 사바사바해야 하는 이 야릇한 상황을 두고 도덕률을 어떻게 말해야 할지 생각할 시점이다.

요즘 며느리들의 일등 고발소는 역시 미즈넷이다. 웹 서핑을 하다 보면 미즈넷의 핫한 주제들이 며느리 네티즌들의 시선을 사로잡는다. '말 많은 시어머니 입 다물게 하는 법'이나 '지독한 시어머니 장애 며느리 폭행해' 같은 주제어가 뜨면 댓글이 적게는 200~300개에서 많게는 몇천 개가 달린다. 물론 댓글은 댓'글'이라기보다는 댓'욕'에 가깝다. 컴맹에 스마트폰도 제대로 다루지 못하는 시어머니가 미즈넷에 들어올 가능성은 제로에 가까운 데에다, 설사 사이트에 들어온다 해도 익명으로 제공되는 주제와 댓글에서 자기 며느리의 흔적을 찾기란 불가능하다.

옛날엔 그저 시어머니에 대한 욕이라는 것이 부엌 부뚜막에서 한집에 모여 사는 며느리들끼리 쑥덕거리며 시어머니 팥죽에 몰래 침이나 뱉는 정도였다. 요즘에는 얌전한 고양이가 먼저 올라갈 부뚜막도 없고 직접 쑤어 먹을 팥죽은 동네 죽집 체인점이 책임지고 있으니, 며느리들이 함께 쑥덕거릴 환경이라고는 그저 1년에 두어 번 모이는 명절 정도이고 그나마도 동서들끼리 잘난 척하고 감정 싸움하느라 시어머니 욕은 인터넷을 주로 이용한다. 물론 형제가 적어 외며느리 천지라 그런 면도 있겠지만, 동서를 믿느니 옆집 개를 믿는다는 말처럼 세상에 믿을 동서 없기에 익명이 보장되는 인터넷이 1순위다.

글을 올리는 것이 무슨 문제이며, 욕 좀 한다고 뭐가 그리 대수이겠는가. 쓰라고 있는 사이트에 글 좀 쓰고 달라고 한 댓글에 댓욕으로 공감좀 해줬는데 문제라 할 것도 없다. 다만 그 정도가 존중의 선을 넘어서서 매우 잔혹한 방식으로 벽을 허물어버린다는 데에 문제가 있다.

못된 시어머니야 역사적으로도 늘 존재해왔고 박해받는 며느리도 어딜 가나 있었는데, 인과응보나 권선징악은 자신이 잘못한 양만큼을 되돌려 받는다는 일대일 교환 법칙에 준해 있었던 반면 오늘날 인터넷의 응징은 존재에 똥물을 뿌리는 것 이상이다. 거의 학살과 난자에 준하는 인터넷 응징에 보는 이들도 식겁할 정도다. 욕먹으면 오래 산다는 옛말이 맞다면 시어머니는 영생을 얻으리라.

무엇이 사람들에게 그와 같은 과격한 리액션을 하게 한 걸까? 일방적으로 전달된 이야기만 보고 한 번도 만나본 적 없는 나이 든 여자에게 무차별적으로 비수를 꽂는 일은 어떻게 해서 가능해지는 걸까? 이는 분명 빨래터에서 방망이로 묵은 땟물을 쳐내며 뱉어내던 욕설과는 차원이 다르다.

인터넷에서 익명은 나이를 잡아먹고 공감은 공'욕'의 형태로 이루어진다. 더 강력한 공욕은 대중의 관심을 끌어들어 '좋아요, 나빠요'와 같은 반응을 이끌어낸다. 글을 쓴 사람이 댓글에 리플을 다시 다는 순간 대중과 한 덩어리가 되어 무서운 공격에 동참한다. 대중 심리가 그러하듯 군중을 형성한 개인들이 누가 됐든, 그들의 직업이나 학력이 어떠하든 상관없이 일단 군중 속으로 잠수를 타면 개인은 집단 속에 녹아버리게 된다. 특히 그것이 익명이라는 조건을 달 경우에 개인은 자신에 대한 통제력을 놓치고 심지어는 자신을 자제하려는 생각마저 잊어버린다. 군중 속에 들어가면 점잖은 군자의 댓욕은 언제, 어디서나 발생하고 유식한 학자의 쌍댓욕은 공기 중 질소만큼이나 풍성하다. 그러나 공개가 먼저는 아니다. 사례에 따라 매우 개인적일 수 있는 사건을 사회적 사건의 답으로 채우려 하는 건 순서가 아니다. 따라서 우선은 개인적인 해법과 연구가 필요하다.

② '연 민'을 잃은 세대

대졸 며느리의 국졸 시어머니를 향한 반인륜적 댓욕이 붙는 광경들이 여과 없이 노출되는 상황을 보면서 제3자로서 느끼는 감정은 하나다. '연민'은 어디로 갔는가. 존경이라는 추상 명사보다 한결 인간적인 연민이라는 단어를 수천 개의 댓글 중 고작 두어 개 찾을 수 있을 뿐이다. 사람들이 아는 것이 많아진 세상에서 흔히 클릭하는 '공감'이라는 것이 앞뒤 가릴 것 없이 그 사람 편에 서는 것이라 생각한다면 오산이다. 생각해보라. 누군가의 일방적 정보만으로 상대에게 벌을 준다면 그리고 그 상대가 나라면 상황은 완전히 달라질 것이다.

우리에게 연민이 그리 귀한 것이라면 희소성의 원칙에 따라 분명 연민의 가치는 상승할 것이다. 과연 돈을 주고 사야 할 만큼 귀한 연민이 존재하는가. 감정을 돈으로 주고받는 일은 삼류 막장 드라마에서나 가능하고 그나마도 실패하는 것으로 나타난다.

　사실 우리가 이런 값싸고 천박한 댓글에 동의하는 이유는 편견의 영향도 있다. 알다시피 정직하기와 편견 버리기 중 단연 편견 버리기가 어렵다. 많은 사람들이 어떤 상황이나 대상 혹은 내용에 대해 충분한 지식이나 넉넉한 경험을 갖기 전에 좋든 나쁘든 한쪽을 선택하여 선불리 판단하고 평가하는 오류를 범한다. 이를테면 '교육자 집안은 훌륭한 인품을 지녔다, 베트남 사람들은 지저분하다, 계모는 악독하다'라고 생각하지만, 부인을 밥 먹듯이 패고 외도를 숨쉬듯 하는 교장 선생님을 봤고 결벽증에 시달리는 베트남 여성도 만났으며 남편의 아이를 위해 자신의 삶 전체를 내주는 예수 같은 계모도 봤다.

　우리가 가지고 있는 편견은 헤아릴 수 없을 만큼 많다. 그러나 이상한 점은 이것이 편견임을 알면서도 쉽사리 그 생각을 버리기 어렵다는 점이다. 물론 편견으로 잘못된 예측을 한 후에라도 실제 사실에 기초해 잘못을 수정하는 경우 우리는 편견에서 벗어날 수 있다. 그러나 대부분은 우리의 학력 수준과 무관하게 분명한 근거나 확실한 정보 앞에서도 고집을 피우며 상황을 삐딱하게 보는 꼴통 수준에 머무르기 십상이다. 문제는 편견은 매우 사회적이라 개인적 차원에서 나타나는 선입견과는 차원이 다르다. 편견은 쥐도 새도 모르게 집단을 결속시키고 자기합리화를 위해 순식간에 상황을 대립 구도로 만들어버린다. 익숙하지 않고 낯설고 불편한 것들에 대한 불완전한 감정이 사회적 편견, 집단의 편견으로 확대되고, 쓰나미와 같은 공격 속에서 죄가 없거나 경미한 죄를 가진 자들은 훨씬 더 혹독한 죗값을 치르게 된다. 누구나 시어머니가 불편하다. 그러나 시어머니를 불필요한 폭력에까지 노출시키는 것은 매우 잔혹한 일이다.

철학자 하이데거의 말처럼 '언어는 존재의 집'이다. 자신의 말이 자신의 존재를 말해준다는 것은 무슨 의미일까? 송곳 같은 날카로운 말을 쓰는 우리들의 깊은 속내에는 무엇이 있나 생각해보게 된다. 우리가 연민을 잃어버린 대신 치러야 할 대가는 너무나 크다. 적어도 같은 인간으로 살아가면서 최소한의 연민은 남겨두자. 그 대가를 치르지 않기 위해서라도 말이다. 시어머니 개인을 집단이 총력으로 맞서야 할 만큼 시어머니가 강력한 대상인지는 검증 과정이 필요하다.

③ ' 스 위 치 ' 가 망 가 진 세 대

물리학에는 작용과 반작용의 법칙이 있다. 뉴턴의 제3법칙인 이것은 A라는 물체가 B라는 물체에 힘을 가하면 물체 B 역시 물체 A에게 똑같은 크기의 힘을 가한다는 것이다. 다시 말해, 물체 A가 물체 B에게 주는 작용과 물체 B가 물체 A에게 주는 반작용의 힘의 크기가 같다. 그래서 총을 쏘면 총이 뒤로 밀리거나 새총의 고무줄을 당겼다 놓으면 물체는 그 힘만큼 멀리 날아가게 된다.

새삼 물리학 이야기를 꺼내니 나도 머리가 어질어질하지만, 어쨌든 중요한 점은 힘은 동등한 대상끼리 하나의 짝을 이룬다는 것이다. 관계도 마찬가지라 역동이 일방적인 경우는 많지 않으며 상대의 에너지 크기는 곧 나의 에너지 크기인 경우가 많다. 그렇다면 감정의 탄성은 어떠할까?

대개 심리학에서 탄력성이라는 말은 환자가 병으로 누워 있다가 다시 회복하는 능력을 말한다. 여기에는 어려움을 극복하는 능력도 포함된다고 할 수 있다. 종합하면, 탄력성은 본래의 에너지 수준을 회복하는 능력을 말한다. 실연을 당하고 평생 고통스러워하지 않는 이유도, 실패를 경험했어도 30년 동안 앓아눕지 않는 이유도 바로 인간이 가진 탄성 때문이다.

감정에도 탄성이 있다. 누구나 분노하고 고통을 받지만 놀랍게도 어떤 사람은 빠르게 회복하고 어떤 사람은 그렇지 않다. 이렇게 자신의 삶의 안정적 패턴으로 빠르게 돌아오는 사람들을 '회복 탄력성이 좋다'라고 이야기한다. 이런 탄력성은 유연성으로도 번역되는데, 번역이 무엇이든지 간에 우리의 행복감이나 감정 조절에 탄력성이 큰 영향을 미치는 것은 부인할 수 없다. 감정이 폭발 한계선에 도달한 사람들은 자신의 감정 조절 스위치를 잃어버리는 경우가 많다. 분노 게이지가 상승했을 때 스위치를 끄면 분노가 가라앉고 감정이 어느 정도 조절되는데 다시 스위치를 올리면 자신의 감정을 정상적으로 표현할 수 있는 범위에서 벗어나게 된다.

감정 조절의 스위치가 망가지는 경우는 몇 가지로 축약된다. 첫째,

환경이 척박해 스위치 조절을 지나치게 자주 해야 하는 경우, 둘째, 관계없는 타인들이 스위치를 움직이는 경우, 세 번째는 처음부터 고장 나 있는 스위치인 경우다. 직장맘 며느리들에게 물어보면 대부분 가족의 문제는 3번이라고 답한다. 처음부터 문제가 있는 집구석이었다고. 그런데 가만히 이야기를 들어보면 정작 말하는 본인도 만만치 않다.

④ '중재자'를 잃은 세대

심판의 기능은 점수를 매기는 것뿐 아니라 선수들 간의 반칙을 찾아내고 격한 싸움으로 생기는 위험을 중재하는 역할을 한다. 대가족이 살아가는 동안 가족 구성원들 중 누군가는 반드시 이런 중재자 역할을 하는 동시에 가족 완충제 역할을 했다. 시간이 흐르고 가족 구조가 바뀌어가며 세대 간 중재자는 사라졌다. 누구도 피곤하고 힘든 일을 도맡아 하려 하지 않을뿐더러 실상 그 역할을 할만한 식구도 없다. 가족 구성원 수가 적으니 그 가운데 선수만 있고 심판은 없어졌다. 무한 싸움의 시대가 된 것이다.

비난과 다툼도 가족 간에 늘 있는 역사였고 오해나 분쟁도 그러했다. 그러나 역사적으로 항상 존재해왔던 중재자는 사라지고 모든 집마다 독재자와 검투사만 남아 있다. 시어머니는 며느리를 비난하고 문책하며 며느리는 기꺼이 말대꾸로 시어머니를 겨눈다. 아들은 자신의 어머니와 부인 사이에서 눈을 감고 있는 자로 전락했다. 한집안에 독재자와 검투사 그리고 눈 감는 자만이 존재하니 평화에 대한 중재는 불가능하다. 이런 무한 투쟁의 장에서 살아남는 자나 승자는 없다. 승자 없는 경기를 지속하는 이 소모적인 다툼은 어떻게 해야 끝날까?

인류를 위해 예수나 부처, 알라가 묵시적 중재자 역할을 하고 있기는 한데 그나마 종교가 서로 다른 사람들끼리는 통하지도 않는다. 목사님도 갑갑해하고 스님도 하늘을 보고 신부님도 기도하자고 하는 복잡다단한 고통의 관계 사슬을 끊는 일은 쉽지 않다.

대개 어려운 일을 다루는 방법은 두 가지가 있다. 하나는 무력을 동원하여 풀거나 포기하는 방법 그리고 또 하나는 일부부터 풀어 긴장을 낮추는 방법이다. 주로 후자의 방법을 추천하며 할 수 있는 것들부터 조금씩 실타래를 풀어가는 방법이 충격을 최소화하면서 가능성도 높이며 희망을 갖게 한다. 상담이 필요한 순간도 바로 이때다.

막상 가족들을 만나보면, 개개인의 애로 사항이 있고 부부의 역동이 있으며 가족의 역동은 또 다른 형태로 나타난다. 내용과 상황도 아주 가지가지다. 그러나 중재자가 가족의 일에 개입하기 시작하면 의외로 문제가 빠르게 풀리는 집도 많다. 나의 상담실에서 상담을 하거나 EBS에서 '달라졌어요'를 진행하다보면 일련의 고뇌의 시간을 중재자와 함께하면서 많은 가족이 해법을 찾는다.

피타고라스가 '답이 없다'라고 그랬다던가. 하지만 고부 관계에 있어서 답이 없는 문제는 없고 완전히 막힌 공간은 없다. 부분의 답도 답이고 입구가 있는 곳에는 반드시 출구도 있기 마련이다.

시월드에서는
시월드 법을 따라야 한다?

외국 여행을 하다 보면 재미있는 현상을 발견한다. 우리나라에서는 좀처럼 하기 어려운 행동들을 서슴없이 하는 경우를 자주 볼 수 있기 때문이다. 프랑스 여행 중에 우리나라 사람으로 보이는 두 여자가 프랑스 역 근처에서 바닥에 너부러져 잠을 자고 있는 모습을 보고 정말 깜짝 놀랐다. 세상 좁다더니 그 두 여자는 나의 제자였고 학교에서도 '바른 생활 어린이'라는 별명이 붙을 정도로 국내 예절 정책 준수자들이었기에 해외 길바닥에서 퍼질러 자고 있는 모습은 상상조차 할 수 없는 일이었다. 귀국 후 새 학기가 시작되었고 프랑스 길바닥녀들을 수업 시간에 다시 만났다. 아무 일 없다는 듯 두 여학생은 다시 동방예의지국 예절 준수 대표로 돌아와 있었다.

　사람은 누울 자리를 보고 다리를 뻗는다니 두 예절녀들의 모습이 새삼스럽지는 않다. 누구보다 부끄러움을 많이 타는 보수적인 여자들도 해변에서는 비키니녀로 변신한다. 그곳에는 그곳의 법과 규칙과 이해가 있는 법이라 예절녀들에게 누구도 손가락질할 수 없다. 처절한 몸의 소유자인 나도 해외에서는 용기를 내서 비키니를 입는다.

새로운 곳에서는 새로운 법과 규칙을 만난다. 경상도에서는 경상도대로 전라도에서는 전라도대로 그리고 시월드에서는 시월드대로… 모든 사람은 결혼과 더불어 새로운 문화권으로 진입하면서 공통적인 감정들을 경험한다. 첫째는 긴장감이다. 낯선 문화 속으로의 진입은 마치 우주복 없이 우주 공간으로 들어가는 듯 몹시 떨리고 그 불안은 거의 공포에 가깝다. 이후 문화를 익히는 과정에서 겪는 두 번째 감정은 문화 충격이다. 문화 충격이란 우리가 새로운 문화를 접하게 될 때 겪게 되는 혼돈과 방향 상실을 포함한 복잡한 정신적 혼란을 말한다. 이 정의 안에 있는 '혼돈, 방향 상실, 혼란' 등의 단어에서 보듯 불안, 걱정과 염려의 연속이며 심정적으로는 쇼크 상태에 도달하기도 한다.

사실 이러한 충격의 심각성은 문화 간 차이의 정도에 따라 달라진다. 물론 개인이 얼마나 잘 적응하는가 하는 개인의 적응 정도나 개인의 성격도 영향을 미칠 수 있겠지만, 일반적으로 문화 충격을 경험하는 이유는 다음과 같다.

우선 익숙했던 사람들, 환경, 습관이 사라지고 맞지 않은 옷을 입은 듯 생소하고 매우 어색하고 새로운 환경 속으로 들어가는 경우다. 이때는 일단 서로 사용하는 용어, 이를테면 사투리나 생경한 표현들(정구지,

말똥싸, 데라비, 꼴메주니 등)로 의사소통이 불가능해지고, 장보기나 요리, 청소, 설거지 방식, 우편물 관리 등 일상생활에서 매우 자주 접해야 하는 일들에 어려움을 겪게 된다.

두 번째는 관계 변화를 경험하면서 자신의 정체성을 잃어버린 것 같은 감정 경험을 하는 경우다. 엄마나 아빠와 같이 평생 익숙했던 관계는 개인에게 지속적인 안정감을 주는 중요한 요소다. 그러나 결혼 다음 날부터 새로운 남자와의 낯선 일상, 상하 관계로 묶인 시모와의 납득할 수 없는 인간관계 등을 만나게 되면서 평생 동안 가졌던 안정성은 완전히 사라지고 어색함과 낯섦이 그 자리를 채우게 된다.

세 번째는 역할 변화에서 겪는 충격이다. 우리는 딸로 태어나 자매로 살거나 외동으로 살면서 손에 물 한 방울 묻히지 않고 살아왔다. 우리의 역할은 그저 주는 밥 먹고 유세 떨면서 공부하고 화장하고 회사에 출근하는 정도였다. 다른 누구를 위해서 이른 아침에 일어나 밥을 해야 할 일도, 명절이라 해서 평생 냄새만 맡고 먹기만 했던 전을 산더미처럼 지지고 부칠 일도 없었다. 그렇게 공주처럼 지냈던 우리가 하루아침에 무수리가 된 경험에서 오는 충격은 말로는 설명이 되지 않는다.

네 번째는 이해력 상실의 경험이다. 결혼하고 깜짝 놀라는 것 중 하나는 시월드에서는 이전에 가지고 있고 늘 유효했던 나의 지식 중 일부가 쓸모없는 것이 되어버린다는 사실이다. 엄마에게 배웠던 요리 방법도 틀렸다고 하고, 밥상에 수저를 놓는 방법도 아니라고 한다. 설거지하고 나서 그릇을 씻어 엎어놓는 방법도 이건 아니라고 하니 진정 바보가 된 느낌이다. 이런 단순한 일은 아무것도 아니다. 사소한 다툼이라도 일어나면 '너의 생각은 완전히 잘못되었다'라고 말한다.

"너희 집에서는 그렇게 가르치디?"

시어머니의 결정적인 이 한마디는 이전에 내가 가지고 있었던 모든 유능함을 잿더미로 만들어버린다.

다섯 번째는 감정과 가치관의 혼란을 경험하는 것이다. 드라마를 볼 때 같이 과일을 깎아 먹으며 깔깔깔 웃던 내 행동을 두고 시어머니는 경박하다고 말한다. 건강한 기쁨의 표현이 하루아침에 싸구려 감정 표현으로 전락한다. 친정 엄마가 언제나 예쁘다고 말해줬던 내 옷에 대해 "요새도 그런 옷을 입니?"라고 말하는 시어머니의 어투와 눈빛은 자랑스러움을 수치심으로 변화시킨다. 시월드의 감정 원칙과 가치관은 나의 우아함과 경쾌함을 경박함과 수치심으로 변화시키는 촉매로 작용한다.

여섯 번째는 청결과 건강에 대한 선입견이다. 최고의 정리 전문가가 와도 박수를 보내겠다 싶을 만큼 깔끔하게 청소를 해놓은 집에 시어머니는 도착하자마자 "정리 좀 하고 살아라!"라고 면박을 준다. 내가 볼 때 시어머니 집은 거의 '똥간' 수준인데 말이다.

자신의 기존의 문화를 고수하려 하거나 시어머니에게서 개인적 오해나 박해를 받은 경험은 한 개인에게 충분한 충격을 안겨줄 수 있다.

또한 새로운 변화에 적응하는 데 들어가는 엄청난 양의 에너지 소모에서 오는 정신적·육체적 건강 변화가 문화 충격을 더 크게 느껴지도록 하는 데 일조하기도 한다.

물론 이런 문화 충격이 결혼 첫날부터 '헉' 소리 나게 닥치는 경우는 드물다. 어떤 문화이든 '적응 단계'를 갖기 때문이다. 대개는 처음에는 로맨스 단계를 갖는다. 결혼하고는 며느리나 시어머니나 서로 잘해보려 애쓰고, 최고의 며느리, 최고의 시어머니를 꿈꾸고 상상하며 서로의 역할에 충실하려 노력한다. 역시 첫 반응은 '매력'인 것이다. 시댁에 대한 감정이 이해와 호의로 가득 차 있으며 이 시기의 달콤함은 수주에서 수개월 동안 지속되는 경우가 많다. 이런 좋은 이미지만을 가지고 일정 시기가 지나고 서로에게서 훌쩍 떠나 각자의 삶을 산다면 더할 나위 없이 좋겠지만, 현실 속에서는 거의 대부분의 며느리나 시어머니가 한집에서 혹은 가까운 거리에서 평생 거주자로 남게 된다.

이런 밀월이 끝나고 일정 시간이 지나면서 좋은 이미지만을 유지하기 어려운 순간이 온다. '각성 단계' 혹은 '인식 단계'에 들어선 것이다. 며느리와 시어머니는 서로 상상 로맨스 단계를 접고 각자의 역할에 대한 책임을 인지하며 그 책임에 대해 결과를 묻는 시점이 온다. 걱정이 생기고 좌절을 경험하고 도무지 말이 통하지 않는 상황을 경험하고 같이 마트에 가도 서로 눈치를 보며 품목을 고르게 된다. 이 단계는 돈을 쓰는 문제, 요리하는 문제, 청소하는 문제 등 일상의 소소한 부분에 평가와 판단이 들어가는 시기다. 이 시기에는 외로움을 느끼기 쉬운데,

이는 남편이나 시아버지 등 자신을 예쁘게 봐주던 사람들의 환호가 끝나면서 모두가 나에게 무관심한 것처럼 느껴지고, 시어머니의 문제점들이 하나둘 보이기 시작하면서 부정적이고 비판적인 시각이 커지며 위기에 봉착하게 된다. 이때는 결혼을 포기하고 다시 친정으로 돌아가고 싶을 정도로 만족도가 떨어진다. 그래도 그러는 동안 시월드의 언어를 배우게 되고 시월드의 문화를 하나씩 익히면서 그 문화가 요구하는 말과 행동을 하게 된다. 산더미같이 전을 부치고 밤새 녹두를 불려 만든 전을 시이모들에게까지 싸주며 두루 홍익인간의 정신을 실천하기도 한다.

다음 단계에서는 유머가 살아나면서 비난 대신 농담을 하게 되는 '회복 단계'에 접어든다. 이 단계에서 시어머니나 동서들 등 시댁 사람들과 어떻게 관계를 맺는지가 굉장히 중요하다. 이때 형성된 적응 형태와 유대감은 오랜 시간 동안 지속된다. 시월드에 있는 사람들을 있는 그대로 인정하고 긍정적인 태도를 갖는 것이 중요한 시기이기도 하다.

그리고 마지막에는 오히려 새로운 문화를 편안하게 느끼고 음식이나 언어, 습관 등을 즐기기 시작하면서 시월드인들과 우정을 나누기도 하고 때로는 이들에 대한 염려와 그리움이란 단어가 생각나기도 한다.

이 네 가지 단계를 거치면서 자연스럽고 비교적 수월하게 시댁의 문화에 융합되면 좋겠지만, 문제는 두 번째 단계에 머무르는 경우 매우 고통스럽고 지루한 심리적 소모를 감당해야 한다는 것이다.

대개 우리가 문화 충격을 받으면 급작스럽게 나타나는 두 가지 반응이 있다. 하나는 안티-시월드(anti-시월드)로 시월드를 공격하는 양상이다. 이런 경우는 자신의 이전 문화나 방법이 옳다고 생각하고 자신의 입장을 굳게 지키며 시월드의 문화를 피하여 자기를 중심으로 하여 작은 처가 문화home culture를 만든다. 즉, 시월드의 문화에 편입되기를 거부하고 내가 지금까지 지켜왔고 살아왔던 문화를 자신의 가정을 중심으로 만들어간다. 물론 시월드와의 관계는 기꺼이 희생시킨다. 다른 하나는 몰입-시월드(going-시월드) 현상이다. 이는 결혼 이전에 익숙했던 모든 친정 문화를 완전히 무시하고 시월드 문화를 무조건 수용하여 그 안에 완전히 함몰되는 경우다.

대개 몰입-시월드의 경우로 인해 문화적 갈등이 빚어지는 일은 흔치 않다. 그러나 안티-시월드의 경우 심각한 고부 갈등을 경험하기 쉽고 남편과의 문화적 갈등에 대한 심리적 부담을 감수해야 할 때가 많다.

다른 문화에 편입된다는 것은 매우 모험적인 일이라 수용과 존경이라는 내용의 동일시를 거쳐야 하지만 우리의 현실은 교과서에 없는 경우가 훨씬 더 많다. 일단 안티-시월드의 입장을 취하게 될 때 나타나는 양상들은 다음과 같다.

안티-시월드 현상

- 시집 식구들에 대한 지속적인 불평과 불만을 표시한다.
- 끊임없이 시어머니 등 시집 식구의 약점을 찾아내고 그 사람들과 잦은 충돌을 겪는다.

- 불편한 마음과 사소한 갈등이 지속된다.
- 자존감이 낮아진다.
- 결혼에 대한 회의가 든다.
- 호의를 거절한다.
- 긴장, 불편감, 불안의 연속이다.

반면 몰입-시월드 현상이 나타날 때는 시월드와의 갈등은 최소화되지만 상대적으로 다른 문제점들과 현상들이 나타난다.

몰입-시월드 현상
- 친정 문화를 지나치게 폄하 및 비판한다.
- 자신의 가치 기준을 폄하 및 비판한다.
- 소모적인 과잉 충성으로 인한 빠른 탈진이 온다.
- 자신의 목소리를 내지 못함으로써 자존감이 낮아진다.

시월드라는 다른 문화 속에 들어가고 그 속에서 살아간다는 것은 급격한 문화 충격과 문화 충돌을 일으킬 수밖에 없다. 개인마다 차이는 있겠지만, 대부분 두통이나 위궤양, 고혈압, 피로감과 같은 신체 질환을 호소하고 시댁에 갔을 때 식욕을 잃거나 아무런 이유 없이 시집 식구들을 미워하게 되는 경우가 많다. 동시에 이렇게 옹졸하고 추접스런 자신이 싫어지고 그런 자신이 불쌍해지면서 자기 연민이 커지기 쉽다.

모든 공동체의 규칙은 생겨나고 자리 잡고 변화하고 소멸되고 다시 다른 규칙으로 대체된다. 이런 생성과 소멸 과정은 내부의 목소리로 이루어지는 경우보다는 외부에서 에너지가 들어오는 경우 더 빈번하게 발생한다.

새 가족을 맞는다는 것은 완벽히 새로운 에너지를 받아들이는 과정이다. 우리가 일반적으로 '결혼한다'의 다른 말로 '시집간다'는 말을 쓰는 걸 보면, 며느리가 시집을 받아들이기보다는 며느리가 시집으로 수용 혹은 흡수되는 상황이 결혼이라 할만하다. 노란 페인트 한 통에 파란 페인트를 한 숟가락 넣었다고 가정해보자. 겉으로 볼 때는 큰 변화가 아닐지 몰라도 사실 그 페인트는 이미 본연의 노란색 페인트가 아니다. 색이 달라질 뿐 아니라 색의 이름도 달라진다. 노란색의 이름이 어디 한두 가지든가.

우리나라에서 결혼은 새로운 에너지 수준의 가족이 다른 큰 문화덩어리인 시월드의 색과 이름을 변화시키는 과정이다. 그러나 그 과정이 매우 심란하고 무척 공교로운 경우가 많다. '설치는' 일이니 말이다. 맞는 말도 가려서 해야 하고 틀린 것도 지적해서는 안 되는 고통스런 연합 과정은 눈뜨고 볼 수 없는 비극이다.

그리고 의지를 가지고 시월드의 잘못된 관행들을 없애고 새롭고 건강한 규칙을 세우기 위해서는 어마어마한 에너지가 필요하다. 주변에 시월드와의 규칙 전쟁으로 쓰러져간 다른 숱한 며느리 전우들의 시체를 넘고 넘어야 비로소 앞으로 앞으로 전진할 수 있을 것이다. 그러나 요즘 들어 달랑 외며느리 천지에 넘을 시체가 없는 경우가 대부분이라 내가 시체가 되는 일도 허다하다.

강력한 시어머니의 말은 그 자체가 법이다. 루이 14세의 '짐이 곧 국가다L'Etat, c'est moi'라는 말처럼 왕권신수설 속에 살아가는 시어머니의 시모권신수설, 즉 시어머니의 권리는 하늘에서 내렸다는 것을 시월드 입성과 함께 온몸으로 체험하게 된다. 시각, 청각, 미각, 후각, 촉각 이 다섯 가지 감각을 통해 우리는 시어머니의 차가운 눈빛을 보았고, 높고 단호한 목소리를 들었고, 살면서 쓴맛을 보았으며, 남이 못 맡는 시모의 냄새도 맡았고, 시모의 일거수일투족에 소름이 돋은 적이 있었다. 게다가 이제 육감, 그 신들린 식스 센스로 시모의 1년 뒤 행적까지 알 수 있을 정도다. 무엇보다 결혼한 지 2년이 채 되지 않아 깨닫게 된 것은 이 집에서 길과 진리와 생명은 예수나 석가모니가 아니라 시어머니라는 점이다.

시어머니의 30년 이상의 신공으로 시월드의 기초가 세워졌고, 시어머니의 청춘의 값으로 시월드라는 성이 세워졌으며, 시어머니의 골수를 내는 희생으로 만들어진 시월드 울타리를 보면서 그 왕국의 견고함과 그 세계의 강성함을 알게 되는 순간이 온다. 여기서 잔 다르크처럼 정의감으로 똘똘 뭉쳐 앞으로 전진을 외쳤던 며느리는 외마디 비명과 함께 사라질 수도 있다.

요즘은 개나 고양이 같은 반려동물과 함께 생활한다. 심지어 개, 고양이들을 위한 카페도 있고 호텔도 있고 주인의 유산 상속도 받는다니 그런 개, 고양이의 삶이 때로는 부럽기도 하다. 사람과 함께 살고 있는 반려동물들을 자세히 보면 참으로 흥미롭다. 그들도 가족으로서 규칙이 있기 때문이다. 고양이들이나 개들 나름대로 각기 집단의 규칙이 있으며 구성 멤버도 우두머리에서 최하위까지 가지가지다. 물론 가장 강한 녀석이나 가장 약삭빠른 것이 최고의 자리에 있는 것은 분명하다.

　사람 사는 곳에도 규칙이 있다. 다만 규칙이라는 게 좋은 것이 있고 그렇지 않은 것이 있고, 또 우수한 것이 있고 형편없는 것이 있다. 단계나 정도도 다양해서 어떤 규칙이 얼마나 좋고 나쁜지를 함부로 평가할 수 없다. 다만 효율적인 규칙과 비효율적인 규칙이 있다는 것만큼은 분명하고, 특히 그 규칙이 특정 집단에서 몹시 효율이 높거나 낮을 수 있다는 것 역시 분명하다.

　어느 집에는 제사가 한 달에 세 번이고, 어떤 집은 수십 년이라도 제사 한 번 지내지 않는다. 어떤 집은 명절을 큰집에서 보내야 하지만, 어떤 집은 형제들이 돌아가며 순번대로 명절을 준비하기도 한다. 어떤 집은 명절에 부칠 전을 놓을 소쿠리까지 짜야 하는 집이 있고, 어떤 집은 제사상에 파인애플을 통으로 얹기도 하고, 어떤 집은 제사 음식을 인터넷으로 주문하기도 한다. 사람의 지문만큼이나 집집마다 각양각색의 문화를 가지고 있다.

관혼상제가 가족 문화의 가장 중요한 부분을 보여주지만 요즘은 일괄 통일된 양식이 따로 없다. 집마다 그 집의 고유한 방식을 택하기 때문이다. 각자 집안의 문화는 다르겠지만 문화 내부로 들어가보면 모든 집의 문화에는 나름의 규칙을 가지고 있다. 집안의 규칙이라는 것이 매우 요상한 특징이 있어서 처음에는 사람을 옥죄는 듯한 공격체처럼 보이지만 익숙해지면 오히려 집안 문화를 쥐락펴락할 수 있는 힘을 주기도 한다.

특히 규칙이 힘을 얻는 곳이 있다. 바로 규칙이 없는 곳이다. 이게 무슨 소리인가 하겠지만 '콩가루 집안'일수록 규칙은 힘을 얻는다. 그 이유는 바로 규칙이 갖는 몇 가지 특성 때문이다. 먼저 규칙은 일관성을 특징으로 한다. 비일관적인 특성으로 이랬다저랬다 하는 시어머니들은 널렸다. 예의를 지키라고 하면서 정작 본인은 욕을 입에 달고 사는 시어머니도 많고, 약속을 지키라고 하면서 정작 본인은 약속 따위는 개나 주라는 듯 멋대로 행동하는 시어머니들 천지고, 정직이 가훈이라며 거짓말을 밥 먹듯이 하는 시집 식구들도 널렸다.

이런 집과 어쩌다 인연이 되어 가슴을 치고 있는 며느리들이 있다면 잘 들어보자. 그들의 공통된 특징은 비일관성이다. 그리고 비일관성이란 집안에 실질적 주인이 없다는 뜻이기도 하다. 기억하자. 멋대로 하는 사람은 고집스러운 사람을 결코 이길 수 없다는 점을 말이다. 이런 집에서는 규칙을 만들고 그 규칙의 중심에 있는 사람이 집의 주인이 된다. 아무리 어이없는 규칙이라도 일관성을 가지고 유지하면 나머지 사람들은 그 규칙을 중심으로 움직이게 되어 있다.

예를 들어, 돈을 벌어오면 안방에서 누운 채 바지에 대변을 보는 시아버지가 있다 치자(실제 사례다). 이런 황당한 집에서 일어나는 그다음 일들은 대변의 주인인 시아버지의 행동보다 더 황당하다. 놀랍게도 시어머니는 수족이 멀쩡하고 치매가 아닌데도 안방에서 바지를 입은 채 대변을 보는 시아버지의 바지를 벗기고 대변을 다 닦아내고 새 속옷을 입힌 지가 30년째였다. 말도 안 되고 인간 같지도 않다는 말이 절로 나오지만, 시아버지의 변함없는 일관성을 중심으로 모든 가족 구성원의 시스템이 돌아가고 있었기에 가능했다.

말도 안 되는 규칙도 일관성만 있다면 반드시 반응도 규칙적으로 만들어진다. 고집스런 규칙이라도 규칙을 유지하는 자의 의지만 충만하다면 어떤 상황이든 지배할 수 있다. 물론 대상이 납득할 수 있는 규칙이라면 그 규칙의 힘은 가히 천지창조의 에너지와 유사하다 할만하다.

규칙은 생성되고 소멸하기를 반복한다. 대부분의 시월드는 규칙이 있다. 그러니 규칙을 잘 읽어보자. 그리고 규칙의 과정과 결과를 자세히 살펴보자. 시월드의 주도권과 적응 수준에 대한 답은 바로 거기에 있다. 규칙을 읽는다는 것은 대처법을 안다는 것이고, 규칙을 안다는 것은 완벽하게 한 집안의 문화를 습득하고 그 문화를 즐길 수 있게 되었다는 것을 의미한다.

우리가 알고 있는 읽기, 말하기, 쓰기는 단순히 언어 공부를 위한 방법만이 아니라 시월드 문화의 핵심에 있는 규칙을 읽고 학습하고 이를 다시 수정하는 과정에도 적용될 수 있다. 그중에서도 가장 첫 과정인 규칙 읽기는 무엇보다 시월드에 대한 탐색과 공부에서 시작될 것이다.

완벽하고 예쁜 며느리 콤플렉스

언제부터인가 온 국민이 막장 드라마에 몰입하기 시작했다. 나처럼
TV 프로그램에 문외한인 사람도 '아내의 유혹'을 알고 '왕가네 식구들,
가족끼리 왜 이래' 등을 알고 있으니 드라마가 우리나라 사람들의 관
심의 주체이자 흔한 대화 소재임은 분명하다. 한참 드라마를 보다 보면
우리가 TV를 보는 것이 아니라 드라마가 우리를 TV 속으로 끌어들이
는 것 같은 느낌을 받을 때가 있다. 흔히 말하는 중독성은 여기에서 시
작된다. 내가 선택하는 것이 아니라 내가 선택받는 순간이 오고, 그 선
택받음을 결단코 거부할 수 없을 때 우리는 중독의 세계에 발을 들이게
된다.

중독의 종류는 참으로 다양하다. 인터넷 중독, 게임 중독, 알코올 중
독, 마약 중독, 관계 중독 등 물질과 비물질을 오가며 중독의 범위는 상

상을 초월할 만큼 많고 다양하다. 수많은 중독 중에서 우리나라 며느리에게 생기는 급성 중독이 있다. 바로 '착한 척 증후군'이다. 딸로서 다소 제멋대로 살던 한 여자가 며느리라는 신분을 갖자마자 급 선한 마음, 선한 행동 모드로 들어가게 되는 현상이 나타난다.

사람이 갑자기 변하면 죽을 때가 된 것이라는 옛말이 떠오르게 할 만큼 머리부터 발끝까지 변신한 딸의 모습에 친정 엄마들은 그야말로 '깜놀'하면서도 다행이라고 생각한다. 딸로 살 때처럼 살아서는 집안 꼴이 제대로 돌아가지 않는다는 것을 누구보다 잘 알기 때문이다. 딸로 사는 동안 여자들의 일반적인 행동 특성들은 친정 엄마들의 기억 속에 다음과 같이 남아 있다.

쓰레기 증후군을 방불케 하는 더러운 방, 방바닥에는 언제 벗어놓았는지 불분명한 브래지어가 세로로 길게 놓여 있고, 벗어놓은 양말은 평균 세 켤레 이상 되며, 웨이브 만드느라 어질러놓은 헤어드라이어며 세팅기는 각각 모양대로 너부러져 있고, 그 옆에는 언제나 꼬리빗과 뽕고데기가 빠짐없이 놓여 있다. 스킨과 로션은 세워져 있는 법이 없고, 가방은 매대의 세일 품목처럼 일괄적으로 침대에 올라가 있다. 화장대 거울은 언제 닦았는지 기억이 없고, 거울 앞 공간은 언제 받았는지 알 수 없는 화장품 샘플이 종류별로 가득하다. 정리하라고 사줬던 장롱에는 옷이 종류와 상관없이 서로 엉켜 있고, 계절에 따라 오른쪽으로 섞고 왼쪽으로 섞으면서 친정 엄마가 정리를 하려 해도 여름엔 겨울옷 정리를 못하게 하고 겨울엔 여름옷 정리를 못하게 한다. 정작 엄마가 정리를 하려 하면 '놔둬라 내가 치운다! 엄마가 치우면 내가 못 찾는다! 내가 알아서 한다!' 하며 온갖 짜증을 다 내고 결코 치우지는 않는다. 그렇게 방을 쓰레기장으로 만들어 파리가 알도 깔 수 있을 만큼 지저분하게 해놓고 외출할 때는 전혀 다른 인간이 나가는 것을 보게 된다. 냄새나고 떡 졌던 머리는 우아하기 그지없고 옷에 향수를 뿌려 체취를 가린다. 잘 씻지 않아 각질이 생긴 발꿈치를 세련된 스타킹으로 마감하고 아무 데서나 방귀로 오토바이를 타던 엉덩이는 타이트한 스커트로 암막을 친다.

한 사람에게서 두 개의 인간성을 보게 되는 일은 친정 엄마들로서는 딸 키운 경험으로 말미암아 별로 새로울 것도, 놀랄 것도 없다. 그러던 딸이 '며느리'라는 세 글자의 사회적 신분을 획득하면서 다시 태어난 사람처럼 굴기 시작한다. 온갖 깨끗한 척은 다 하고, 집에서는 라면도 안 끓여 먹던 것이 인터넷을 뒤져가며 퓨전 요리니 뭐니 하면서 요리의 새 지평을 열듯이 군다. 전혀 다른 세상 속에 발을 들여놓고 옛 세상을 완전히 잊어버린 사람처럼 살고 있는 것을 보면 때로는 '머리를 어디다 부딪쳤나?' 싶을 정도다.

그러나 옛말 틀린 것 하나도 없다. 안에서 깨진 쪽박은 밖에 나가도 새게 되어 있다. 감쪽같은 가장무도회가 끝나는 건 불과 몇 개월이다. 신분 세탁 내지는 가식적인 완벽함으로 무장한 여자의 변신은 오래가지 못한다. 하나의 상태를 다른 상태로 변경하고 변경한 상태를 유지하기 위해서는 빅뱅 수준의 에너지가 필요하기 마련이다. 형편없는 수학

성적을 가지고 있으면서도 그나마 방정식을 방 정리보다는 잘했던 여자의 커다란 변화는 찰나와 같은 순간으로 끝난다. 완벽은 곧 인내의 밑바닥을 드러낸다. 특히 시어머니의 급작스런 등장 같은 예고 없는 주거 침입은 완벽을 가장한 며느리에게 있어서 '나이트메어'와 '주온'을 합쳐놓은 호러이자 멘붕이다. 며느리들의 '시모 급 방문에 따른 1분 청소 신공'을 잠시 이야기해보자.

영역	시모 급 방문에 따른 영역별 필살기	소요 시간(25평 기준)
안방	모든 잡스럽게 널려 있는 물건들은 종류 무관하게 장롱 속으로 쑤셔 넣는다. 이불에서 벗어놓은 스타킹까지 수용 가능하다.	10초
현관	신발장을 열고 모든 종류의 신발을 쑤셔 넣는다. 특히 칸막이 없는 쪽이 유리하다.	8초
마루	소파 한쪽에는 반드시 바구니를 하나씩 둔다. 그리고 각종 자질구레한 것들을 모두 골인시킨다. 단, 뚜껑이 있는 바구니여야 한다.	11초
화장실	휴지를 손에 돌돌 말아 하수구와 욕조 구멍의 머리카락을 빠르게 집어낸 다음 샤워기로 물을 뿌리고 마지막으로 향수를 뿌린다.	12초
부엌	모든 설거지는 무조건 식기세척기로 투척한다. 무엇보다 음식물 쓰레기는 뚜껑이 있는 용기에 담는다. 단, 담아둔 곳을 잊어버리지 않는다.	17초
베란다 및 창고	문을 잠가둔다.	2초

※ 단, 시모가 각 수납 집중 영역을 열어보지 않는다는 조건 아래서 유효하다.

외계인의 지구 침입처럼 매번 새로운 시어머니의 급작스런 방문은 많은 며느리들의 간 수치를 떨어트린다. 위의 방법이 늘 효율적인 것은 아니다. 그 옛날 구석구석 머릿니와 서캐를 잡던 오밀조밀한 손으로 온 집을 훑는 말초 촉의 시어머니에게 안 걸릴 것이야 없겠지만 적어도 최소한의 방어를 하고자 한다면 앞의 표처럼 하는 데까지는 해야 한다.

그러나 인생이 항상 호락호락한 것은 아니다. 집에 자주 찾아오지 않는다 하더라도 명절이나 생일에 시댁에 가서 일을 하려 하면 참으로 대양에서 혼자 뗏목 타는 기분이다. 다른 동서들은 사전에 이미 요리법을 공부하거나 전수받은 것마냥 색깔에, 모양에, 맛까지 기가 막힌 음식들을 내놓는다. '한식 대첩'이나 '식객'에 출현했던 것도 아닐 텐데 어떻게 해서 이런 산해진미를 생산해내는가 싶다. 시어머니와 며느리 세대는 서로 다른 인류라 치더라도 동서들은 같은 세대, 같은 진화를 겪고 있는 인류 아닌가. 그리고 더 놀라운 것은 내 음식 맛이다. 내가 한 음식을 나도 못 먹을 지경인 비극을 어찌 감당한단 말인가. 심지어 나에게는 아직 해야 할 열두 가지도 넘는 음식이 더 남아 있다는 믿을 수 없는 현실을 받아들여야 한다.

요즘은 옛날처럼 손에 물 묻히며 크는 사람이 많지 않다. 다들 귀한 딸로 볼펜 잡고 수능 준비하며 밥투정하며 살아온 인생들에게 갑작스런 역할 변화는 그저 놀람의 연속일 수밖에 없다. 놀람이라는 일상 속에 완벽이라는 신화는 없다. 그런데 나를 제외한 주변의 또래 동서들에게 완벽은 일상이고 나에게는 놀람이 일상이 되는 이 조화는 무엇이란 말인가. 동서가 작품을 완성하는 동안 나는 멀뚱히 서서 머리의 비듬이나 털어야 하는 난감한 지경 앞에 몇 번 처하면서, 완벽의 꿈은 완전히 거세되고 완벽한 며느리 콤플렉스 속에서 나름 완벽한 며느리의 신화를 꿈꿨던 이카루스의 날개는 여지없이 녹아버리고 머저리 며느리만 우두커니 서 있다. 역시 신분 세탁은 오래 못 가는 모양이다.

결 혼 하 자 마 자　효 도　드 립 치 는　남 편

'급 효자 신드롬'을 아는가? 평소 부모님에게 관심이 별로 없거나 패륜아에 가깝던 아들이 결혼 후 의학적으로 설명할 수 없는 이유로 급작스럽게 효자가 되어 전에 없던 물심양면의 지원을 부모에게 제공하며 충성 맹세를 하는 매우 치유가 어려운 만성 질환을 말한다.

평생 거리의 아들, 클럽의 아들로 자라던 시어머니의 아들은 결혼과 더불어 부모로부터 독립을 확인하는 것이 아니라 급작스럽게 부킹에 눈을 감고 효에 눈을 뜬다. 그 옛날 부킹의 현장에서 자신이 가진 모든 친절함을 쏟아붓던 남자가 결혼이라는 새로운 클럽에 소속되면 갑자기 어머니에 대한 극진한 사랑에 빠져버린다. 지난 시절 어머니를 아프게 했던 것들을 모두 다 보상하겠다는 다짐과 더불어 평소와 다른 놀라운 실천력에 좌중을 놀라게 하기도 한다. 시어머니와 5G 속도로 사랑에 빠지고 호갱님처럼 기꺼이 돈을 내주기를 망설이지 않는다. 직장을 다니면서도 평생 용돈을 받아 쓰던 아들이 결혼과 더불어 정작 돈이 필요한 시점에 반드시 생활비를 드리겠노라 천명한다. 부모 말은 더럽게 안 듣던 놈이 결혼하면서 갑자기 어머니에게 충성 맹세를 하는 이유를 도무지 알 수 없다.

무슨 영문일까? 우리가 부모를 제대로 사랑할 수 있으려면 내가 부모 나이가 되어 그 삶을 경험하면 된다는 말이 있다지만 남편이란 작자는 결혼한 지 몇 년이나 지났다고 이러나 싶다. 결혼 정보 회사의 설문 조사 결과를 보면 효자는 결혼 기피 대상 중에 하나이니 우리는 어쩌면 결혼을 잘못했는지도 모른다. 클럽의 아들이 어머니의 아들이 되어버린 건 여자 입장에선 사기라고까지 생각될 수 있다. 어쨌든지 간에 아들의 변화를 보고 아들이 결혼하더니 철이 들었다고 좋아하고 그게 다 며느리 잘 본 덕이라고 말하면 좋으련만, 시어머니는 아들이 철이 들었다는 말만 하고 며느리의 공로는 안중에도 없다.

특히 클럽의 아들을 지금의 어머니 앞에 서게 한 장한 며느리에게 열녀문을 세워주지는 못할망정 당신 아들이 약속한 생활비 이야기를 당사자가 아닌 나에게 하는 건 정말 이상한 일이다. 아들과 용돈이나 생활비를 약속했으면 약속한 당사자와 이야기를 나눠야 할 텐데 이상하게도 돈 이야기는 나에게 하고 정작 공은 남편에게 돌아간다. 아주 이상한 계약에 아주 기묘한 결과다. 거기까지도 좋다. 최선을 다해 신분 세탁까지 해가며 열심히 살려고 하는 내게 남편이 하는 말은 "우리 엄마한테 좀 잘해줘. 우리 엄마 고생 많이 하셨어!"라니… 정말 욕이 터져 나오는 걸 간신히 다시 쑤셔 넣는다. 마음 같아서는 크게 소리 지르며 말하고 싶다.

"야, 나는 고생 안 하냐? 내가 너 만나서 무수리처럼 살고 있는데 뭐 어째? 그 말은 당신이 시어머니께 해야 하는 말 아냐? '엄마, 이 사람 공주처럼 자랐어요. 엄마가 좀 잘해주세요. 이 사람 고생 안 시키고 싶어요.' 뭐 이래야 하는 거 아니야?"

그러나 정작 알았다는 짧은 대답을 할 수밖에 없고 마음속의 여운은 길 수밖에 없다.
'우리 엄마한테도 좀 잘해라, 인간아!'
효도한다고 욕하면 그건 정말 나쁜 며느리가 되는 것이다. 남편이 사회적으로 옳다 말하는 일을 나에게 하라고 하는데 거부하면 나만 공공의 적이 될 뿐이다. 물론 남편 엄마의 기쁨이 나의 기쁨이면 나도 좋다. 다만 나도 남편이 시어머니에게 하듯 지극 정성으로 보호하고 돌봐줬으면 좋겠다. "시어머니, 당신은 좋으시겠습니다. 아들이 효자라서 말입니다."라고 외치고 싶은 며느리들이 많을 것이다. 결혼 후 어머니는 아들을 얻었고 나는 남편을 뺏겼다.

결 혼 하 면   신 세 계 일   줄   알 았 는 데 …
콜라 뚜껑을 처음 열면 첫 소리부터 청량감이 몰려온다. 그리고 입에 한 입 물고 치아를 돌아다니는 일산화탄소 기포들을 만끽하다가 꿀꺽 삼키면 자연에서는 결코 느낄 수 없는 묘한 인공적 쾌감이 생겨난다. 남들이 콜라가 담배만큼 나쁘다, 치아를 녹인다 어쩐다 해도 콜라는 이미 현대인들에게 커피만큼 일상이 되었다. 카페인이 아침에 눈을 뜨게 하고 콜라가 묵은 스트레스를 날려주니 진정한 묘약이다.

시원한 탄산음료 마시듯 나의 일상생활도 청량하면 좋겠다. 그렇게만 살 수 있다면 거울 앞에서 늙어가는 모습을 보는 것도 자연스러운 현상으로 받아들이고 기분 나빠 하지 않을 것 같다. 그런데 이런 활력소 하나 없이 하루하루 마냥 늙기만 하는 이 기분은 뭘까?

결혼을 하면 꿈같은 일상이 펼쳐질 것이라 기대했다. 남편이 분명 '조금만 기다려라, 호강시켜주겠다'라고 했으니 사랑에 눈먼 내가 할 수 있는 일은 무조건적인 믿음을 가지는 것뿐이다. 하지만 죽음보다 강한 믿음으로 시작한 일상에 즐거움이 없었다. 이렇게 살다가는 내 평생 호강은 고사하고 호갱(호구+고객(갱)님 : 어수룩한 소비자)이 될 판이다. 나의 에너지에 빨대를 꽂는 인간들이 이만큼이나 많을 것이라고는 한 번도 생각해본 적이 없다. 결혼 전 내 주변에는 도와주고 힘 주고 격려해주고 심지어 아무런 조건 없이 돈도 주는 사람들뿐이었다. 그렇게 살아온 것이 25년, 30년, 35년이었다. 그러다 시작한 이 결혼이라는 세상은 미지의 세계는커녕 밑지는 세상이다. 죄다 나에게 손을 벌리고, 나에게 하라고 시키고, 나에게 '너 책임이다, 공짜는 없다'라고 말한다.

이 결혼을 선택한 건 나다. 생각하면 할수록 등신, 머저리처럼 내가 내 팔짜를 꼰 것 같다. 그런데 더 머저리 같고 등신 같은 건 힘들고 속 상하다며 마음먹고 있는 대로 생난리를 피우고 나서 남편이 '미안하다, 사랑한다' 하면 배시시 웃으며 밥하러 나간다는 점이다. 아무리 봐도 소지섭 근처에도 못 가게 생긴 남편이 '미안하다, 사랑한다' 했는데 소지섭의 애절한 눈동자보다 더 빠르게 나를 움직이게 한다. 또 그렇게 말한다고 해서 '맞아. 울 신랑은 나를 사랑해.' 하고 믿는 나도 참 한심하다. 눈송이 같아서 잡으면 사라질 고백을 오늘도 내일도 믿고 사니 말이다. 신앙이라면 깊고 믿음이라면 맹목이다.

기 빨리는 인생을 살면서도 왜 나는 이 자리에서 중얼거리며 다시 밥하고 애 보고 시어머니 전화에 호들갑을 떨며 갖은 아양을 부릴까? 그러면서 밥 다 해놓고 애 재워놓고 시어머니의 전화를 끊고는 혼자 거울 보며 말한다.

"아유 맹추, 진짜 맹추, 왜 어머니께 그 말을 못 했니! 생활비를 10만 원 정도 줄여야 할 상황이라고 왜 말을 못하니, 이 바보야!"

이 말이 끝나자마자 시어머니에게서 다시 전화가 와서 이번 주 시아버지 생일상을 나에게 차리라고 한다.

"네, 어머니. 그럼요. 당연하지요. 선물이랑 용돈 준비할게요. 어머니 것도 준비할게요."

구시렁거리면서도 어떤 메뉴로 생일상을 준비할까 생각하며 장바구니를 챙기니 난 바보, 등신, 멍청이, 머저리다.

하나, 둘, 셋! 우리나라 사람들은 3이란 숫자를 참으로 좋아한다. 한자도 석 삼 까지만 일관성 있게 작대기로 되어 있어 그런지 3은 우리 마음속에 중요한 결정의 순간을 가늠 짓는 숫자다. 사랑도 그렇다. 사랑 호르몬이라고 부르는 페닐에틸아민의 유통 기한도 최대 3년이다. 성경에 '사랑은 허다한 허물을 덮는다'라고 했는데 요것도 3년까지인 셈이다. 3년은 사랑의 종료 알람이 울리는 시간이자 동시에 우리의 인내력도 바닥나는 시기다.

먼 옛날 며느리들을 위한 3대 지침이 있었다. 눈 가리고 3년, 입 막고 3년, 귀 막고 3년, 총 9년이라는 인고의 세월이 지나면 그 집안사람이 된다고 했다. 강산이 1년도 안 되어 바뀌는 지금은 3년도 길다. 결혼하고 1년 내 맞벌이 며느리에게 요청하는 시댁의 요구가 전업 주부들의 요구와 다른 점을 찾기란 쉽지 않다. 할 일은 하되 돈을 버니 좀 더 내거라 정도 말고는 별로 다른 측면을 발견하기는 어려운 것 같다. 전업 주부로 살아도 핵가족이고 맞벌이를 해도 핵가족이며 아이를 낳아도 핵가족이고 안 낳아도 핵가족이다. 남편이 자상해도 며느리요, 남편이 급효자 증후군에 걸려도 며느리인 건 매한가지다.

얼마 전 종편의 '내조의 여왕'이라는 예능 프로그램에서 치매에 걸린 부모와 사는 가족 이야기에 대해 다룬 적이 있다. 거기서 가수 현숙과 코미디언 문영미가 각각 7년, 3년에 걸쳐 치매를 앓는 부모님을 모셨던 이야기가 나왔다. 패널로 방송을 함께했던 사람들이 입을 모아

'현숙 씨와 문영미 씨가 훌륭하다, 그리고 예쁜 치매라 다행이었다'라고 말했다. 이 말은 하나는 맞고 하나는 맞지 않다. 치매에 걸린 부모를 모시는 것은 정말 존경스런 일이다. 그 점에는 논박의 여지가 없다. 다만 '예쁜 치매라 다행이다'라는 말은 좀 어이없는 표현이다. 멀리서 바라보는 사람들에게는 예쁜 치매와 심한 치매로 나누어지겠지만 돌보는 가족들에게는 정도의 차이가 있을 뿐 예쁜 치매란 없다. 치매 부모를 모시고 살면서 겪는 고통은 별반 다르지 않다.

이와 마찬가지로 나와는 너무나 다른 사람들을 이유 없이 견뎌야 하는 데 더하거나 덜한 괴로움은 없다. 며느리살이란 언제나 벽을 사이에 두는 동시에 서로의 체온도 느껴야 하는 사람들의 공간에서 이루어지기 때문이다.

물론 속상한 일만 있는 것은 아니다. 좋은 일, 기쁜 일들도 많이 있지만 그 순간조차도 기쁨의 주인공이 내가 되는 일은 쉽지 않다. 결혼을 해도 며느리가 들어오는 것이고, 아이를 낳아도 손자를 보는 것이며, 맞벌이는 다른 며느리도 다 하는 것이다. 그리고 가끔씩 고통과 괴로움을 호소하면 '나 때는 더했다, 나 때는 집에서 애 낳고 바로 밭 매러 갔다'라고 말하는데 거기다 대고 무슨 대꾸를 하겠는가. 진중권의 표현대로 말이 안 통하니 사실 이길 자신이 없다.

첫 1년은 좋은 며느리가 되어야겠다는 결심으로 견딘다. 어차피 신분 세탁을 한 바에야 새로운 인생을 멋지게 살아보겠노라 다짐하며 원래 하던 짓을 멈추고 나 아닌 다른 사람으로 거듭나 살아가면서 예수

이후 최대의 희생을 아끼지 않았다. 그렇게 첫 겨울이 지나고 다시 봄이 오면서 시댁의 어이없는 일들도 계절과 함께 지나갔다.

못살겠다 싶어 큰소리 한번 칠까 하는 그 시점에 아이가 들어섰다. 2년 차에는 임신의 기쁨과 입덧 그리고 출산의 고통을 겪으며 생애 최고의 감각 기억을 갖게 되고 그러면서 이전의 고통을 잠시 잊었다. 그리고 아이의 이름을 용띠에 태어난 남자아이이니 용남이라 짓자고 하는 시아버지, 그 옆에서 "아니에요. 용감한 남자니까 용남이예요." 하는 시어머니 그리고 "용남이 좋은데요?"라고 말하는 남편의 트리오 중창에 기가 막혀 멀쩡하던 혈압에 문제가 생겼다.

아이가 커가면서 육아를 잊은 남편과 애는 절대 안 봐주겠다고 시아버지와 도원결의하는 시어머니, 그나마 군이 아이를 봐줘야 한다면 힘든 살림에 터무니없는 액수의 육아 비용까지 받겠다는 시어머니의 협상안 제시를 보며 3년 차 주부들은 시월드에 오만 정이 떨어진다. 외로운 육아, 도와주지도 않으면서 '나는 애 그렇게 안 키웠다'라고 큰소리 내는 시어머니의 차가운 눈빛, 시어머니 눈치 보며 눈동자만 살살 돌리는 시아버지, 피곤하다면서 오자마자 씻지도 않고 소파에 자빠져 자는 남편 앞에 좋은 감정이 남아 있을 리 만무하다.

호의를 권리로 아는 사람들과의 3년 동거면 모든 감정 관계는 청산된다. 잘해보겠다는 결혼 1년 차의 다짐, 수시로 올라오는 구역질과 찢어지는 출산의 공포를 딛고 견딘 결혼 2년 차의 인내 그리고 가장 도움이 절실한 순간인 3년 차에 입을 맞춘 듯 뒤돌아선 소위 가족이란 사람들로부터 처절한 배신을 겪으며 가족에 대한 사랑과 기대, 그리움의 에너지는 라부아지에의 질량 보존의 법칙에 따라 1g도 남김없이 증오와 미움의 에너지로 전환된다. 게다가 더 많은 며느리들의 증언에 의하면 진실을 알기에는 3년도 길다.

오 냐 오 냐 하 면 더 한 다

점입가경漸入佳境이란 말이 있다. 그 뜻으로 보자면 경치나 문장 혹은 어떤 일의 상황이 갈수록 재미있게 전개된다는 뜻이다. 이는《진서晉書》 '고개지전顧愷之傳'에 전하는 말이다. 옛날에 고개지라는 사람이 감자(甘蔗：사탕수수)를 즐겨 먹었다. 그런데 그는 다른 사람들과 달리 가느다란 줄기 부분부터 먼저 씹어 먹었다. 이를 이상하게 여긴 친구들이 "사탕수수를 먹을 때 왜 거꾸로 먹는가?" 하였다. 이에 고개지는 "갈수록 점점 단맛이 나기 때문漸入佳境이네." 라고 하였다. 이때부터 점입가경이 경치나 문장 또는 어떤 일의 상황이 갈수록 재미있게 전개되는 것을 뜻하게 되었다고 한다. 그러니 점입가경은 상황이 좋아질 때 쓰는 말이다.

그리고 그 역도 있다. 설상가상雪上加霜！설상가상은 내린 눈 위에 서리가 내려 쌓인다는 뜻이다. 그리고 병상첨병病上添病이 있는데 병을 앓는 동안 또 다른 병에 걸린다는 뜻이다. 설상가상이건 병상첨병이건 둘 다 사람 잡는 일이다. 결혼을 하고 남편과의 합법적 혼인 관계로 들어가는 혼인 신고를 하고, 깊이를 알 수 없다는 사랑의 몸부림 끝에 아이를 잉태하고 생명의 신비를 맛보며 거룩한 고통의 통로를 거쳐 첫 생명을 안는 것 그리고 아이를 향해 가슴을 풀어헤쳐 몸에서 나는 첫 음료를 먹이는 것은, 여자에게는 가슴 벅찬 일이 아닐 수 없다. 이렇게 결혼, 임신과 출산이라는 일련의 과정은 삶의 신비에 관한 점입가경의 그림이다.

그리고 결혼을 하기 전부터 준비 과정에서 연애 이래 최대 전쟁을 겪고, 예비 시어머니의 모진 말을 극복하고 강행했던 결혼식을 마치고 피로연에서 술에 떡이 된 남편을 엎고 신혼 방으로 올라가는 천하장사 코스프레 신부 역할을 하게 된다. 이후 짜릿은 고사하고 일방적이고 서툰 첫날밤의 기억으로 한방에 생긴 첫아이, 남들은 우아하게 신맛 나는 음식을 간절하게 원하는 시점에 극심한 입덧으로 인한 구역질로 변기를 붙들고 살아야 했던 고통의 나날들, 아이를 낳자마자 딸을 낳았다며 바로 둘째를 가지라는 시어머니의 칼날 같은 코멘트는 설상가상이고 병상첨병이다.

잘하면 고마워하는 것이 아니라 더 잘하지 않는 것을 나무라고 무언가를 주면 더 내놓으라고 소리를 치는 황당할 수밖에 없는 상황에 들어앉으면, 처음엔 놀라고 두 번째는 내가 뭘 잘못했나 찾게 되고 세 번째는 화가 머리끝까지 나고 네 번째는 억울한 항목들을 수첩에 적게 되고 다섯 번째는 이를 갈며 조금이라도 일을 덜할 생각을 조직적으로 하기 시작한다. 친정에도 어머니, 아버지는 있건만 같은 어머니, 아버지 단어에 오로지 '시' 자가 붙었을 뿐인데 어쩜 그리 심리적으로나 실질적으로나 '당위'라는 이름으로 들러붙어 있는 것일까?

어쩌면 첫 시작부터 잘못되었을 수도 있다. 처음부터 너무 높은 수준의 허용이 문제였던 것이다. 힘내서 했던 지나친 충성과 최선을 다했던 넘치는 호의가 그분들에게 그릇된 출발점을 지정해준 것일 수 있다. 만일 나의 호의를 권리로 알고 있는 것이라면 왜 다른 사람들과 며느리에게 적용 수준이 서로 다른 것일까? 생각할수록 의문에 의문이, 고민에 고민이, 분통에 분통이 이어진다.

옛말에 손자더러 예쁘다 예쁘다 하면 나중에 할아버지 상투를 잡는다고 하더니 상황에 어울리지도 않게 시월드와 며느리와의 관계는 그렇게 오냐오냐에서 시작하여 목줄을 죄는 수준에 도달했다.

아예 처음부터 상다리 부러지게 밥상을 차리는 게 아니었다. 시댁에서 했던 첫 밥은 완전히 소태를 만드는 게 정답이었는지 모른다. 세 번만 태우면 음식 하라고 시키는 일은 없었을 텐데, 설거지하다가 비싼 접시 위주로 두세 번만 깨면 싱크대 근처에도 오지 못하게 했을 텐데, 아이를 낳고 아파 죽겠다 못 움직이겠다 말했어야 아이가 열이 40도에 올라도 시이모가 왔으니 애 들쳐 업고 오라는 말은 안 했을 텐데… 어쩌면 내 스스로 긁어 부스럼 만든 것 같기도 하다.

눈치 없는 남편은 내가 괜찮다고 하니 정말 괜찮은 줄 알고 아내인 나에게 자기 엄마 수준의 인내를 요청하고 그에 부응하지 않으면 오히려 짜증을 내니 이런 황당한 일이 있을 수 있는가. 살아가면서 사랑하고 아껴달라고까지는 말 못하겠지만 적어도 인간으로서 최소한의 눈치는 있어야 하는데 말이다. 명절 노동량, 줄여서 '명량' 그 혹독한 시련의 시기에 과일을 내오라고 재촉하는 것도 남편이고, 일이 끝나고 나서도 옛날이야기를 들먹이는 시어머니 옆에서 떠날 줄 모르고 고개를 끄덕이는 것도 남편이다. 그야말로 남편이 '남의 편'이 되어버린 것도 처음부터 '괜찮다'라고만 말했던 나의 불찰인지도 모른다. 정말 이 집구석은 어찌된 일인지 오냐오냐할수록 더 많은 것을 내놓으라 하고 더 크게 입을 벌리는지 모르겠다.

  아들을 풍요의 뿌리로 생각하는 시어머니에게 묻고 싶다. 아들이 이만큼 된 것이 100% 어머니의 은덕이냐고. 내가 자식을 길러보니 나만 잘한다고 되는 것만 아니던데 시어머니는 한사코 '내가 아범을 이렇게 키웠다'라고 말하는지 모르겠다. 아주버님을 보면 같은 어미의 젖을 먹고도 완전히 다른 하류 인생을 살아가는데 무엇이 100%가 되게 하는지 참으로 궁금하다. 거기다 빈말이지만 남편에게 '당신이 훌륭하다' 해줬더니 정말 스스로가 전능자인 줄로 착각하고 어머니 편에 서니 어른들 표현대로 갈수록 가관이다.

사랑하는 남편 vs.
시어머니의 귀한 아들

줄타기를 잘하면 자다가도 떡이 생기는 경우를 자주 봐왔다. 우리나라는 줄을 잘 서야 성공한다는 인식이 팽배해 있고, 실제로 학연이나 지연 등의 숱한 혈관들이 새로운 관계를 통해 성공을 수혈한다. 사회적 관계는 흔히 객관적 관계에서 주관적 관계로, 소원한 관계에서 밀접한 관계로, 무심한 관계에서 돌봐주는 관계로 발전해가며 사회적 성취의 열매를 나누어 먹고 동지감을 경험한다. 그렇다면 남편은 어머니와 무슨 관계인가?

결혼하자마자 돌림병처럼 걸리는 급 효자 증후군의 특징을 자세히 살펴보면 어머니와 남편 간의 관계는 매우 특수함을 알 수 있다. 이들은 사회적 관계를 주고받으면서 심리적으로나 실질적으로 상호 이익을 나눈다. 그렇다면 장가간 아들과 시어머니 사이의 관계에서는 어떤 이익을 두고 상호 협력이 발생하는 걸까?

어머니에 대한 급작스런 충성심은 결혼이라는 통과 의례를 거쳐 다른 지평을 만나면서 알게 되는 문화 경험에서 온 것일 가능성이 크다. 돌봄을 받는 자리에서 돌보는 자리로 역할이 변경되면서 새삼 자신을 돌봤던 손길의 소중함과 가치를 발견하는 것과 같은 이치다. 심리학에서 말하는 '아하 경험aha experience'처럼 통찰의 순간을 겪고 유레카를 외치는 것이다. 이러한 인식의 변화를 경험하면서 인간은 새로운 인식의 세계로 들어가 새로운 행동을 선택하게 된다. 문제는 이런 발견의 순간이 모든 남자들에게 다 오는 것은 아니라는 점이다.

주변을 둘러보면 다른 남편들은 가까이 지내던 시모, 시부와의 관계를 유지하되 삶의 우선순위를 핵가족 중심의 주요한 1인인 아내에게 강조점을 두는 경우가 많다. 최근 동창들과 만든 네이버 밴드를 들여다보면 여자 동창들은 모두 남편 자랑, 남자 동창들은 MT를 와도 아내를 '뫼시고' 오거나 야외 현장에서도 수시로 영상 통화를 하며 충성 맹세를 했다. 어머니의 핀잔에 기꺼이 아내의 편에 서서 완벽한 쉴드(shield : 방패)를 쳐주었다. 주변에 잘 없다고 하지만 사실은 널리고 널린 비현실적인 남편들을 두고, 시어머니나 나 한쪽에 철저히 무심하지 못하고 눈동자 굴리는 소리가 들리는 내 남편을 보고 있으면 저것이 고등 교육은 받았나 의심이 들 정도로 자주적 판단의 미숙자로 보인다.

내 바로 앞에 모녀가 앉아 있다. 아이가 엄마에게 영어로 뭐라 뭐라 중얼거리는데 대충 들어보니 "엄마, 개구리도 콧구멍이 있어요?"라고 하는 것 같다. 7살짜리의 혀 꼬부라지는 발음으로 된 질문을 잘못 알아들었는지 아이 엄마는 연신 "Pardon? Pardon?"을 연발한다. 뭔 소리냐 다시 말해봐라 뭐 이런 말일 텐데 여러 번에 걸쳐 같은 말을 반복하던 아이가 말없이 엄마를 보더니 말했다.

"엄마는 바보구나. 세 번 말했는데도 모르면 바보야."

그러자 아이 엄마는 "야, 엄마라고 다 아니? 엄마도 모르는 거 있어. 당연히!" 했다. 이에 지지 않고 아이는 대꾸했다.

"엄마… 모르는 게 자랑이야?"

내가 그 애 엄마였으면 녀석은 작살났겠지만, 그 아이의 엄마는 성모 마리아와 테레사 수녀 그리고 관음보살이 합쳐진 사람인지 아이를 보고 웃기만 했다.

아무리 들어도 유머가 아닌 아이의 마지막 말이 지금도 귓가에 생생하다. 아이가 했던 질문은 매우 간단하다. 개구리의 콧구멍 유무다. 팩트fact는 분명하다. 개구리는 콧구멍이 있다. 그러나 이 상황에서 팩트보다 더 중요한 것은 반응과 대처다. 개구리가 콧구멍이 있다는 사실을 몰랐다는 이유만으로 엄마가 바보가 되는 그런 사회는 있어서는 안 된다. 가만히 있으면 아이는 엄마를 바보로 알 것이고 모르는 것을 자랑으로 생각하는 사람으로 여길 것이다.

반응과 대처는 어쩌면 가장 중요한 일이면서 동시에 무척 간단한 일일 수도 있다. 중요한 일이 늘 대단한 과정을 요구하는 것은 아니기 때문이다. '잘 모르겠으니 같이 찾아보자' 하면 된다. 인정하고 새로운 탐구를 제안하는 대처가 그리 어려운 일은 아닐 것이다. 남편도 이렇게 받아들일 능력이 있다면 얼마나 좋을까?

이 세상에는 알 수 없는 몇 가지가 있다. 기러기가 날아갈 방향, 개구리가 뛸 방향 그리고 내 남편의 속마음이다. 인간은 다들 2심방 2심실의 항온 동물이라 큰 범위에서는 대처 방법이 유사한 경우가 많다. 위기에 대처하는 경우를 중심으로 보면 더욱 그러하다. 포유류 세계에서 이미 머리가 검어진 동물은 따로 자신의 집단을 이루고 그 집단을 보호하며 살아간다. 이 과정에서 수컷은 자신이 결정권을 가지고 집단의 생존을 책임진다. 강한 수컷의 카리스마만으로도 집단은 건강하고 질서 있게 유지된다. 포유류 중 인간, 인간 중에서도 수컷, 수컷 중에서도 내 남편은 비『포유류이자 비『영장류이자 비『수컷이자 비『남편처럼 살아간다.

사소한 것부터 중대한 결정의 순간까지 합리적인 판단을 내리는 데 중점을 두는 게 아니라 이전 집단에서 쓰던 판단의 호스를 끌어와 지금의 밭에 물을 주는 이유가 무엇이냔 말이다. 나와 나눠야 할 결정과 혼자 해야 할 결정마저 시월드의 잣대를 그대로 끌어와 가져다 대는 까닭이 무엇인지 궁금하여 물어보면 다음과 같이 대답한다.

"나도 잘 모른다고!"

아주 좋은 답변이다. 모르는 것을 모른다 하고 아는 것을 안다 하니 참으로 군자의 도리로다. 정말 묻고 싶다.

"당신의 졸업장은 어디다 쓰려고? 머리는 왜 이고 다니는 거?"

더 놀라운 것은 왜 낡은 지식 창고인 시어머니에게 물어보는 것들을 인터넷 정보에 능한 나에게는 묻지 않는가 말이다. 그놈의 알량한 자존심은 왜 아내인 나를 향해서만 움직여서 나에게 뭘 물어보기 힘들어하고 존심 상해 하는지 이해할 수 없다. 아내에게 더 강한 남자로 보이고 싶은 수컷의 심리를 물론 이해한다. 그러나 지금은 강한 남자가 아니라 지혜로운 남자가 필요한 시점인데도 지혜를 힘으로 오해하는 남편들의 머리 구조에 분명 문제가 있다.

세 번 이상 가장 합리적인 답안을 내놓아도 무조건 자신이 옳다는 우격다짐 앞에 승자는 없다. 그리고 가장 좋은 방법을 가장 쉬운 방법으로 알려줘도 알아듣지 못하는 사람은 바보다.

매번 '나도 잘 모른다'라고 말하는 남편에게 쏴주고 싶다.

"모르는 게 자랑이냐?"

모르면 알만한 사람한테 물어보는 게 최선이다. 남편들은 남 이야기하듯 할 것이 아니라 머리 쓰고 연구하는 버릇을 길러야 한다. 잘난 척은 혼자 다하면서 가장 후진 선택을 하는 건 시어머니나 남편이나 똑같은 걸 보면 유전인지도 모르겠다.

35세의 처녀가 27세의 이혼남과 결혼을 한다. 여자는 35세라지만 30대 초반처럼 보일 정도로 동안인 데에다 168센티미터의 큼직한 키 그리고 한없이 받아줄 것 같은 무한 순수의 세계를 보여주는 천사다. 27세 남자는 이미 5살짜리 딸이 있고 전처와는 세상 둘도 없는 원수로 살아간다. 그리고 그의 외모는 누가 봐도 아니다. 두꺼운 입술에 광대는 승천해 있고 눈은 좌우로 움직이며 눈치 보기 바쁘다. 인상도 그다지 좋은 편이 아니고 학력도 내세울만할 정도는 아니었지만 순수 세계에 사는 미혼 처자를 속이는 것은 몹시 쉬운 일이었다. 아이가 있다는 말도 최근에 했다(아이는 전처가 키우고 있다). 딸이 말을 배우고 아빠 개념을 알기 시작하면서 아빠를 찾기 시작했지만, 재혼을 앞둔 27세의 남자는 아이의 목소리는 안중에 없고 새로운 사랑에 빠져 눈이 멀었다. 하지만 아무리 남자가 여자에게 잘하고 '여자친구 바보'라고 해도 보는 사람마다 그 커플을 두고 여자가 아깝다는 말을 연발한다.

순수 세계 처녀의 시어머니의 반응을 보자. 시어머니는 나에게 와서 끊임없이 말한다.

며느리가 나이가 많아서…
며느리가 나이가 많아서…

난 웃음이 나왔다. 시어머니인 본인도 남편보다 4살이 많은 데에다 당신의 아들은 재혼에, 상대 집안에 교묘하게 학력도 속였는데 며느리 나이 운운하고 있는 게 여간 어리석어 보이지 않았다. 듣는 사람마다 뒤에서 코웃음을 친다. 그렇지만 시어머니 입장에서는 작은 슈퍼마켓을 하는 부지런한 아버지에게 아직 직업도 없이 얹혀살고 있는 입장에 있는 아들에 비해 며느리는 한없이 나이 먹은 할머니처럼 느껴지는 모양이다.

지금까지의 진술이 어떤 것이든 간에 그리고 며느리의 학벌과 집안이 좋고 나쁘든 간에 시어머니의 눈에는 아들이 마냥 아깝기만 하고 새며느리가 아들의 청춘의 즙을 빨아먹는 것 같을지도 모른다. 우리 귀한 아들은 장가 한 번 갔다 왔을 뿐이고, 돌보지 않는 딸이 있을 뿐이고, 아직 직업이 없을 뿐이고, 인물이 없을 뿐이라는 것 말고는 흠잡을 데가 없다. 반면, 새며느리는 나이가 백발 마녀 수준으로 많고, 어린 내 아들을 꼬드긴 걸 보니 꼬리가 12개는 달린 여우이며, 시집오자마자 시어머니인 나랑 뻔뻔하게 말을 틀 것 같고, 학벌 좀 있고 집안 좀 좋다고 엄청 으스대면서 잘난 척을 있는 대로 할 것 같다. 큰 키로 자신을 내려다보고, 잘록한 허리와 풍성한 엉덩이를 씰룩이며 아들을 마음대로 조종할 것이다. 풍만한 가슴으로 아들의 등골을 빼먹고, 귀염상 얼굴은 있는 대로 얼굴값을 할 것이라 확신한다. 아무래도 귀공자 아들을 가져가는 백발 마녀를 그냥 두고 볼 것 같지는 않다.

이런 시어머니에 대한 치우친 진술과 삐딱한 시선은 며느리라는 특수한 입장에서만 가능할 수도 있다. 그러나 다른 사람들에게도 객관적인 눈, 객관적인 평가라는 것이 있다. 누가 봐도 걱정스러운 이 집안으로 걸어 들어가는 그녀는 바보다. 베갯잎 적실 일만 남은 여자는 마치 인신 공양을 위해 제단에 선 희생양 같다.

그러나 이런 생각은 모두 쓸데없는 짓이다. 시어머니에게는 보이지 않는 현실이고, 들리지 않는 진실이기 때문이다. '고슴도치도 제 새끼는 예쁘다' 하지 않는가. 우리는 시어머니의 진로를 막을 수 없을 것이고 설사 그게 만행으로 변한다 하더라도 개입하기 어려운 것은 마찬가지다. 어머니들은 왜 자녀에 대한 가장 불합리한 선택 앞에서 판단 정지가 일어나는 것일까? 본능이라고 하기엔 뇌가 살아 있고 사랑이라고 하기엔 잔인하다. 이 여자가 살아가면서 어머니의 편견을 덮을 만큼의 인정의 이불을 짜기 위해서는 꽤 긴 인고의 시간이 필요할 것이다.

방 치 하 면   내   남 편 이   다 시   시 어 머 니 의   아 들 이   된 다
사랑은 우리를 눈멀게 한다. 그 짜릿한 장애 속에서 우리는 멀쩡했을 때 보지 못했던 판타지를 경험하고 그런 오르가즘의 순간은 모조리 추억으로 자리매김한다. 우리의 연애와 사랑은 그렇게 물이 변하여 포도주가 되게 했고 천연두 자국이 순수하고 귀여운 보조개가 되게 하는 신비력을 지녔다. 이와 같은 신비한 과정을 통하여 낯선 남자는 내 남자가 되었다.

다른 이의 아들을 내 남자, 그중에서도 내 남편으로 만드는 일에는 참으로 많은 과정이 포함된다. 먼저 명함의 변화, 호칭의 변화부터 시작된다. 오○○ 씨 아들에서 나라는 사람의 남편이 된다. 대륙의 이동처럼 영겁의 세월이 아니라 사랑의 호적에 가족으로 묶이는 찰나의 순간에 명함이 바뀐다. 아들은 가장이 되고 피부양자는 부양자 겸 세대주가 된다. 오○○ 시어머니의 아들이 내 남편이 되는 역사적인 순간이다. 우리는 사랑으로 묶이고 새로운 이름으로 묶이고 역할로 묶이고 그렇게 해서 가족이 된다.

역할은 사람을 만든다. 아들로서 어리광 부리던 남자는 나를 번쩍 들어 안는 슈퍼맨이 되고, 가족 관계 기록부에 세대주로 떡하니 이름이 올라가서 한 집안을 책임지는 가장家長, 곧 집안의 수장이 된다. 불평하던 아들은 불평을 받아주는 남편이 되고, 엄마를 부르던 입은 새로운 생명을 쓰다듬는 미소로 변한다. 한 번도 해본 적이 없고 선행 학습도 없는 '가장, 세대주, 남편, 아빠'로서의 새로운 역할을 시작한다.

그러나 놀라운 일이 생긴다. 본래 살던 집, 즉 본가에 한 발을 넣는 순간 가장은 다시 아들이 되어버린다. 마치 한 번도 가장인 적이 없고, 한 번도 세대주인 적이 없고, 단 한 번도 남편이나 아빠가 아니었던 것처럼 변한다. 엄마에게 밥을 달라 하고, 어리광을 부리고, 마취제를 맞은 듯 잠에 빠져 아무리 애타게 불러도 일어나지 않는다. 인류의 이런 놀라운 적응의 장면을 보면서 인간은 바퀴벌레보다 더 오래 지구에 살아남을 것이라는 확신이 생긴다.

추운 곳에 있다가 더운 곳에 갑자기 들어가거나 더운 곳에서 추운 곳으로 이동하면 몸은 쉽게 적응하지 못한다. 얼굴이 심하게 붉어지거나 기침이 나고 관절이 굳은 듯 손가락이 곱아져 손을 쥐고 펴기 어려워지며 저절로 몸이 움츠러든다. 사소한 온도 변화에도 바로바로 적응하지 못하는 인간 중에서 특히 주변머리 없는 인류인 남자들이 어찌 본가로 가기만 하면 과거의 습성을 정확하게 기억하고 마치 준비라도 한 듯 적응하는지 신기할 따름이다. 심리학에서는 '복귀'라고 불리는 현상, 즉 새로운 행동을 학습한 이후에도 이전 환경으로 돌아가면 이전 행동으로 완전히 돌아가는 현상이 쥐에게만 일어나는 일이 아니었다.

복귀라는 심리 현상은 남편의 본가 귀환과 동시에 자동적으로 발생한다. 공기 감염처럼 행동이 돌아오는 이 놀라운 현상은 명함을 되돌린다. 본가에 가면 나의 남편은 아들로 불린다. 명함과 역할이 완벽하게 돌아오는 이 상황을 보면서 순간 섬뜩해지기도 한다. 남편이 다시 아들이 되는 순간 며느리는 타인으로 신분 변화를 겪기 때문이다. 가족끼리는 서로 돕고 나누고 뭐든지 털어놓는 법이라는 가훈과는 달리, 나만 일하고 있고 나만 분배에서 배제되고 내가 무슨 말을 하기 무섭게 불평이라고 치부하는 걸 보며 나는 완벽한 타인이 된다.

그러고 보면 남자란 것이 얼마나 환경에 의해 좌지우지되는 인간들인지. 인간은 본래 주도적으로 삶을 개척해나가는 동물과는 전혀 다른 영장류로 알고 있었건만, 남편이라는 동물은 새로운 학습에 매우 취약하고 복귀에 가장 빠른 반응을 보인다. 이토록 자주성이 떨어지고 과거에 안주하기 좋아하는 이 짐승을 내가 왜 사랑했을까 싶다.

이제 본가 복귀 동물인 남편의 신상을 앞에 두고 연구를 시작할 때다. 복귀가 시작되는 그 일을 지속할 것인가, 아니면 본가 귀환 후에도 복귀를 미룰 수 있는 새로운 학습 동기를 부여하고 새로운 행동을 조성할 것인가? 우리는 복귀의 유전자를 가진 쥐를 앞에 두고 새로운 고민을 시작해야 할 것이다. 작은 학습이 큰 일상을 만들어내는 인류의 다양한 사례들을 볼 때 남편의 미래도 그다지 어둡지만은 않다. 결코 변이가 없을 것 같은 남편이라는 인류, 그리고 남편의 복귀 앞에 늘 과거의 행주치마를 벌려 안아주는 시어머니의 아들 수복 프로젝트를 두고 며느리들이 해야 할 것은 전쟁보다는 연구다.

지금까지 숱한 전쟁이 있어왔다. 고부 갈등이라는 전쟁과 부부 싸움이라는 전쟁이 있어왔지만 전적인 승자는 역사상 아무도 없었다. 상처받고 고민하고 서로에게 고통을 가할 기회를 찾는 전쟁의 방법은 결국 세상의 모든 고부와 지구상의 모든 부부에게 상처를 남기고 모두를 패잔병으로 만들었다. 이제부터라도 전투에 쓸 에너지를 관찰에 두고, 비난에 쓸 에너지를 학습과 행동 조성에 쏟아붓기를 제안한다. 상담을 하면서 70년 넘도록 싸우는 부부도 보고 50년 넘도록 시어머니와 전쟁을 하는 며느리를 수도 없이 봐왔다. 이 중 그 누구도 행복하지 않았고 그 누구도 자신이 이겼다 말하지 못했다. 이런 에너지와 기간, 열정을 생산적인 일에 투자한다면 우리는 다시 한 번 완전히 다른 인류를 꿈꿀 수 있을 것이다.

⑴ **시어머니를 존경하지 말자.**

① 너무 심각해하지 마라.

- 시어머니는 자기 경험의 위대함에 사로잡혀 있는 사람일 뿐이다.
- 김범수의 노래처럼 이 또한 '지나간다'.
- 남편이 당신 옆에 있는 한 어머니는 언제나 루저다.

② 누가 감히 존경하라고 하는가. 존경하지 말고 다만 '존중'하라.

- 억지 존경은 집어치워라. 하지만 인간으로서 인간적인 존중은 언제 든 가능하다.
- 눈을 가늘게 떠라. 시어머니를 경멸하는 마음을 들키지 마라. 시어머 니는 바보가 아니다.

③ 자신을 즐겁게 하라.

- 떨 수 있다면 능청을 떨어라.
- 능청이 안 된다면 그냥 웃으며 봐라. 다투는 것보다 훨씬 낫다.
- 가장 즐거운 사람을 떠올려라. 그것이 첫사랑이라 할지라도…

⑵ **규칙의 주인이 되자.**

① 부담을 나눠라.

- 언제든, 누구에게든 도움을 청하라. 내게 입이 있었다는 것을 기억하

라. 고집부리면 나만 고생이다.

- 내가 남편을 향해 고개를 두 번 움직이면 내 쪽으로 와서 돕도록 남편을 훈련시켜라.
- 필요하다면 울어라. 비난에게 허락되지 않는 것이 눈물에게는 허락된다.

② 알람을 맞춰라.

- 시모에게 금요일 저녁 7시면 어김없이 전화하라. 시모를 마음의 노예로 삼는 것은 누워서 떡 먹기다. 별말 할 것 없다. 안부만 전하고 끊어라. 다음 주에 다시 전화하라. 매주 금요일 6시 50분이면 며느리 전화를 받느라 시어머니는 계 모임에도 못 갈 것이다.
- 남편에게 수요일 12시에 알람을 맞춰놓고 아내인 나에게 전화하게 하라. 할 말도 없고 이유도 없다. 전화를 받을 때마다 좋다 하고 다음 주에 또 전화 달라 하라. 세상이 누구를 중심으로 돌아가는지 알게 될 것이다.

③ 감정의 첫 순서를 잡아라.

- 전화를 활용하라. 같은 시간에 묻는 안부는 어떤 마약보다 강력하다.
- 떫어도 좋다 하라.
- 대답하지 말고 질문하라. 할 말이 없으면 요리법이라도 물어라. 묻는 자에게 마음과 유산이 넘어오리니.

④ 시모에 대해서는 딱 한 가지만 칭찬하라.

- 음식이건, 재주건, 활동이건, 리더십이건 하나만 정해서 생각날 때마다 칭찬하라.

- 두 가지 칭찬은 의미가 없다. 하나만 하라. 그로 족하다.

⑤ 휴가비/명절비/생활비/용돈 규칙을 반드시 세워라.

- 미혼이라면 가장 적은 금액에서 시작하라.
- 섭섭해해도 신경 쓰지 말고 유지하라.
- 1년에 만 원씩 올리고 절대 500%를 넘기지 마라.
- 적든 많든 시월드 상납금을 정하고 절대 초과하지 마라.

⑶ **망치자.**

① 하기 싫은 일은 몇 번 욕을 먹어도 망쳐라.

- 밥하기 싫으면 밥을 망치고 설거지가 싫으면 접시를 집어던져라.
- 적어도 3회 이상은 연속으로 망쳐서 정확히 각인시켜라.

② 시댁에서는 한 가지만 하라.

- 한 가지를 정해서 자신의 역할로 삼아라.
- 요리, 설거지 등 한 가지만 택하고 절대 역할을 초과하지 마라.
- 가끔 돕더라도 역할로 떠맡지는 마라.

⑷ **무조건 남편을 전면에 내세우자.**

① 사시사철 시시각각 무조건 앞세워라.

- 남편이 아내를 방어하도록 하라.
- 방어해준 남편에 대해 어김없이 칭찬과 감사의 눈물을 흘려라.
- 절대 혼자 해결하지 마라(특히 장롱 같은 무거운 것 옮기지 말 것). 약한

여자에게 연민을 갖는 게 남자다.

② 남편에 대해서 칭찬 네 번에 욕 한 번(4710법칙 : 4칭1욕)!

- 남편을 적극 칭찬하라.
- 넘치게 칭찬하되 아내를 사랑하는 부분에 대해 아낌없이 칭찬하라.
- 비난을 최소화하라. 그리고 효과 있을 때만 하라. 비난보다 눈물이 언제든 더 효과적이다.

⑸ 감정을 빼고 웃자.

① 이유 없다.

- 윗니와 아랫니 사이에 빨대를 살짝 물었다 생각하고 감정을 빼고 웃어라.
- 남편과 눈이 마주칠 때마다 웃어라.
- 뒷모습, 어깻죽지를 보며 웃어라.

② 표정 학습의 힘!

- 3주만 볼 때마다 웃어라.
- 나의 감정과 무관하게 웃어라.
- 3주면 정확히 감정과 표현을 학습한다.
- 감정 학습은 도파민과 세로토닌을 움직여 행복감을 높인다.

5장

엄마는

괴로워

직장맘과
굿 마더

왕년에 유행했던 '감자도리쏭'이라는 노래가 있다. 가사는 이렇다.

　　도리도리 도리도리 감자도리
　　빨간 망토 작은 눈에 감자도리
　　고구마가 되고 싶어 꿈을 꾼다
　　모험을 떠난다
　　오바 경쥬 유혹 속에 감자도리
　　마법 보석 찾아가는 감자도리
　　오늘은 또 무슨 일이 일어날까
　　가슴이 콩닥콩닥
　　하지만 널 위해라면 할 수가 있어

모든 두려움 이겨낼 수 있어

어려움이란 당연한 걸

내가 꾼 꿈인 걸

정말로

다정다감 순수만점 감자도리

우리 함께 떠나봐요 꿈을 찾아

내일이면 난 소원 이뤄

고구마 돼 있을 걸

기다려줘

다정다감 순수만점 감자도리

우리 함께 떠나봐요 꿈을 찾아

내일이면 난 소원 이뤄

고구마 돼 있을 걸

　감자도리를 '맞벌이맘'으로 바꾸고 고구마를 '굿 마더 good mother'로 바꿔보면 어떨까? 그게 정말 맞벌이맘, 직장맘으로 살아가는 엄마들의 소망이 아닐까 싶다. 아이를 낳고 엄마가 되었지만, 한 번도 선행 학습을 해보지 않았던 터라 서툴기 그지없는 시점에서 젖을 떼기도 전에 다시 출근을 하며 흘린 눈물은 아직도 뜨겁다. 과연 직장맘은 굿 마더가 될 수 있을까?

직장맘은 아이에 집중할
절대 시간이 없다

우리가 수학을 싫어했던 것이 아니다. 알고 있고 풀 수 있지만 시간이 원수였을 뿐이다. 문제를 생각하고 풀 시간이 충분히 주어졌다면 얼마나 좋았을까? 그렇게 나이를 먹어가다가 학창 시절 풀던 수학 문제는 인생에서 아무것도 아니라는 것을 알게 되는 때가 온다. 이 세상에서 가장 풀기 힘든 난제는 '직장맘의 스트레스 없는 육아'가 아닐까 싶다. 우리는 원래 육아가 체질에 맞지 않는 것일까? 직장 다니며 애들 서울대 보냈다는 다른 엄마들의 이야기가 분명 있었다. 하지만 회사를 통틀어 가장 빨리 퇴근하여 제일 많은 욕을 먹고 있는 1인인 직장맘의 육아는 '욕아', 곧 '욕먹는 나'로 끝나는 경우가 많다.

전업 주부들이 부럽다는 생각을 자주 한다. 최근 이 책을 쓰느라 일정을 반납하고 집에서 가까운 카페에서 밀린 원고를 쓰고 있는 동안 나는 부럽기도 하고 내 인생에는 전혀 없던 장면을 보게 되었다. 아이를 학교에 보낸 직후인 오전 9시 30분경 집 정리를 대충 해놓고 카페에 간 터라 설마 그 시간에 사람들이 많으랴 싶어 글쓰기에 좋아 보이는 한 커피숍으로 들어갔다. 들어간 지 5분쯤 지났을까? 카페는 발 딛을 틈 없이 가득 찼다. 카페에 들어섰을 때 음식 냄새가 참 좋다 싶었더니 아니나 다를까 그 까페는 브런치로 유명한 맛집이었다.

꾸역꾸역 밀려드는 인파를 자세히 살펴보니 모두가 삼삼오오 짝을 지은 엄마들의 행렬이었다. 다들 둘러앉아 단정하게 빗은 머리를 어깨 뒤로 넘기며 우아하게 주문을 했다. 한 접시 먹음직스런 브런치가 나오고 거기에 향기 좋은 아메리카노가 곁들여진 아점을 먹으며 엄마들은 한결같이 웃음꽃과 이야기꽃을 피웠다. 거기에는 숱한 사건과 정보, CIA와 FBI도 울고 갈 수준의 깨알 정보들이 가득했다. 1반 여자애가 지금 2반 남자애와 교제 중이며 둘이 생각보다 깊은 사이인데 그걸 그 엄마는 모르더라부터 특목고를 잘 보내는 과외 선생의 가방 취향까지, 게다가 연예부 기자도 모르는 연예인의 사생활까지 완벽하게 꿰뚫는 빅 뉴스였다.

최 악 의   육 아   상 황 에   처 해   있 는   직 장 맘

출근 시간은 늘 같다. 그리고 그 시간이 아이들의 등교 시간보다 빠르다는 것도 한결같다. 퇴근 시간은 언제나 다르다. 하지만 그 시간이 아

이들의 하교 시간보다 늦다는 것은 한결같다. 이른 아침 잠든 아이를 끌어안고 시어머니에게 짐짝 옮기듯 배달을 하거나, 일찌감치 어린이 집에 맡기는 일은 매일 일어나는 특급 배송 작전이다. 이보다 긴박할 수 없다.

아이를 데려다주고 숨이 턱에 차 출근을 하고 나면 팀장은 나보다 먼저 나와서 직원 카드를 늦게 찍은 대가를 잔소리로 대신한다. 정신없이 오전 근무가 끝나고 나서 휴대폰을 보면 큰아이 학교에서 전화가 와 있다. 뒤늦게 전화를 걸었으나 담임 선생님은 받지를 않는다. 아마도 점심시간이라서 받지 않나 보다 하지만, 전화를 받고 안 받고를 떠나서 학교와 경찰서에서 전화 오는 일이 기쁜 사람은 아무도 없다. 아이가 사고를 당했거나 사고를 쳤거나 둘 중 하나일 텐데 그게 어느 쪽이든 엄마에게는 별 차이가 없다. 다만 사고를 친 경우에는 돈이 좀 더 들어가고 좀 더 굽신거려야 한다는 것 빼고 말이다.

다행히 학부모 회의에 참여가 가능하냐는 이야기에 한시름 놓기는 했지만 마음이 그리 편하지는 않다. 어차피 학부모 회의는 참석하지 못한다. 이후 딸내미의 폭풍 눈물을 어떻게 잘 지나칠 수 있을지 묘수를 찾는 데 남은 시간을 쓰면 된다. 문제는 아들이다. 아들이 말썽을 안 부리는 일은 3대가 덕을 쌓아야 가능하다는데 나는 조상복도 없다. 아들의 담임 선생님의 전화번호가 휴대폰에 뜰 때마다 '이걸 스팸으로 등록하고 싶다'라는 생각이 굴뚝같지만, 만에 하나 일이 생긴다면 재빨리 뒷일을 도모해야 하기 때문에 전화번호를 반드시 저장해놓는다.

아들에게서 직접 전화가 올 때는 더 큰 문제가 일어난 것이다. 알아서 고백하는 자식의 배경에는 거대한 음모와 어마어마한 뒤처리가 남아 있다는 점을 기억하라. 한 번은 아들이 급한지 몇 번을 반복적으로 전화를 걸기에 무슨 큰일이 났나 싶어 기도까지 하고 아들에게 다시 전화를 걸었더니 아들이 말했다.

"어머니, 생신을 축하드립니다!"

긴장을 했던 탓인지, 아들의 말이 생일빵으로 느껴졌는지 그만 아들을 심하게 꾸중하고 말았다.

설사 아이에게 문제가 생겼다 하더라도 매번 달려갈 수 있는 것은 아니다. 집과 직장 사이의 거리가 족히 1시간은 되니 현장으로 달려가 봤자 이미 늦은 경우가 많다. 나도 뉴스 생방송을 두 번이나 펑크 내며 달려갔지만 학교는 텅 비어 있었다. 적어도 나를 불러들인 선생님은 나를 기다리고 있어야 하는 거 아닌가?

퇴근 후 집에 허겁지겁 돌아오면 대개 8시가 넘는다. 운이 좋아 빨리 가면 7시에도 도착을 하지만, 이미 아이들은 어디서 먹었는지 삼각 김밥을 먹었다면서 죽자 사자 준비한 저녁 식사를 외면한다.

게다가 잠들기 직전이나 11시가 넘은 시간에 어김없이 준비물이 있다며 어떡하느냐고 징징댄다. 이 밤에 문을 열어줄 친절한 문구점 아저씨는 없을 테고, 24시간 영업을 하던 대형 마트도 동네 가게를 위해 11시면 문을 닫으니 방법은 둘뿐이다. 하나는 다음 날 아이를 맨손으로 학교에 보내어 친구들에게 동냥질을 하다가 준비물을 가져오지 않은

죄를 달게 받게 하는 방법이 있고, 다른 하나는 늦은 시간에 별로 안면도 없는 애들 친구 엄마에게 카톡과 문자를 보내며 갖은 사과를 다 하고 나서 준비물보다 더 비싼 과일 서너 개를 들고 찾아가 빌려오는 방법이다. 결국 사과 두어 개를 넣은 봉투를 들고 차로 5분을 운전해가서 5절지 2장을 간신히 빌렸는데 문제는 조개껍데기다. 이쯤 되면 교회 다니는 엄마 입에도 쌍욕이 저절로 나온다.

"이 놈의 새끼 미리미리 말을 하든가. 참, 학교도 어이없지. 여기가 바닷가야? 도심 한복판에서 왜 조개껍데기를 주워오라 그러냐고? 이거 너무 비교육적인 거 아냐? 참 어이없어서!"

하지만 불평해봐야 소용없다. 자식을 볼모로 잡힌 을의 입장이니 죽이 됐든 밥이 됐든 동네 매운탕집 주변을 하이에나처럼 어슬렁거리며 조개껍데기가 있는지 살피다가 우연히 하나를 찾고 무슨 보물을 발견한 것처럼 기뻐하며 아이에게 문자를 남긴다.

"엄마가 조개껍데기 찾았다!"

그러면 아이가 답 문자를 보낸다.

"조개껍데기요? 그거 있는데요?"

원수도 이런 원수가 따로 없다.

허탈해서 집에 돌아오면 다리가 풀려 화장도 지우지 않은 채 털썩 주저앉아 생각에 빠지고 혼잣말을 하게 된다.

"난 누군가 또 여긴 어딘가? 저것들은 나를 못살게 굴려고 태어났나?"

정신을 놓고 앉아 있자면 전화가 온다. 혀가 꼬부라질 대로 꼬부라진 남편이 "여보, 지금 3차 간다. 오늘 늦어. 못 들어갈지도 몰라. 사랑해 우하하! 뽀뽀!" 한다. 나에게서 살의가 느껴진다.

아 이 의   머 리 가   커 질 수 록   직 장 맘 의   고 충 도   커 진 다

아이들이 커가는 중간중간 지난 사진들을 정리한다. 앨범에도, CD에도 그리고 웹상에도 가족들의 사진을 넣어두었기에 추억의 책장을 넘기자 싶어 앨범과 저장 공간들을 가끔씩 열어보게 된다. 찍은 사진들에 추억이 새록새록 돋는다. 아기 시절의 앙증맞은 아이 모습을 돌이켜보며 새삼 세월을 느낀다. 그리고 망막을 줌인하여 그 자리에 내가 있는지 자세히 살펴본다. 아이가 커가면서 중요했던 순간들이 있다. 그때마다 남아 있는 사진 속에는 엄마가 없다.

엄마가 아이 인생의 빛나는 순간을 직접 찍느라 없는 경우도 있겠지만, 대부분의 직장맘들은 아이의 빛나는 순간에 상사에게 쪼이고 숱한 업무에 시달리고 있다. 엄마의 사정이 어떻든 간에 아이는 묻는다.

"엄마는 왜 여기 없어?"

질문이 들어왔으니 어찌됐건 당사자의 진술이 필요한 때다.

"엄마가 그때 바빠서 거기 못 갔어."

평상시에 잘하던 둘러대기도 아이의 반짝이는 눈망울 앞에서는 소용없는 일이다. 그리고 아이는 바로 반격한다.

"엄마는 맨날 없잖아. 다른 애들은 엄마 다 오는데. 재롱 잔치 아닌 날

도 오는데 왜 엄마는 재롱 잔치 때도 안 오고 다른 날도 안 와?"

엄마는 사실대로 말해주고 싶다.

'그건 우리 회사 팀장한테 네가 좀 따져주라.'

미안함과 어색함의 순간이 지나고 나면 남편이 그 자리에서 꼭 한마디씩 거든다.

"아빠는 그때 갔지~ 그치~!"

아이가 초등학교에 입학한 후로는 학기마다 공개 수업하는 날이 찾아온다. 시어머니 생일보다 더 자주 온다. 반차를 내어 눈썹이 휘날리도록 달려가면 이미 수업은 한창 진행 중이다. 아이를 두리번거리면서 찾다가 아이와 눈이 마주친다. 엄마를 본 아이는 얼굴이 밝아졌다 곧 다시 어두워진다. 수업 평가 종이에 아주 좋은 수업이었다고 영혼 없는 답변을 쓰고 아이에게 다가가면 뾰로통해 있다. 집에 가서 그 사연을 물어보니 이유는 하나였다.

"엄마는 촌스러워. 화장도 하고 예쁜 옷도 입고 오지. 그리고 엄마가 우리 반 엄마들 중에 제일 뚱뚱해."

정말 미쳐버릴 지경이다. 죽겠다고 달려간 현장에서 날아온 비난의 화살에 맞는 기분이란 영화 '적벽대전'과 '300'의 쏟아지는 화살을 동시다발적으로 맞는 것과 같다. 눈치 보며 달려온 어미에게 할 소리가 저것뿐인가 싶은 마음에 한마디 하고 싶지만 오늘도 내가 참는다.

초등학교 때는 무슨 놈의 행사가 그렇게 많은지 공개 수업, 바자회, 학부모 회의에 거기다 운동장도 좁은데 학부모 달리기는 꼭 한다. 애가 둘이면 역할도 꼭 두 배다. 다시 말하자면 애가 둘이면 죄도 두 배다. 두 아이의 나온 입을 썰면 한 접시다. 투덜거리는 아이들에게 짜장면과 치킨이 그 입을 막는데 명약이겠지만 그것도 저학년 때나 가능한 이야기다.

초등 고학년이 되면 아이들이 거래를 시작한다.

"엄마, 이번 공개 수업에 어차피 못 오시죠? 대신 용돈 좀 주시면 안 돼요?"

이 거래를 받아들여야 할 것인가, 큰 소리를 내며 '어림없다, 이번엔 꼭 갈 거다'라고 기약 없는 말을 해야 할 것인가? 아니면 어디서 그런 걸 배웠냐며 옳지 못한 거래 제안에 대해 호되게 꾸짖어야 할 것인가? 사실 세 번째는 위험하다. 아이가 되물을 것이기 때문이다.

"엄마가 해준 게 뭐가 있어요?"

마음 같아서는 뒤통수를 한 대 치고 싶지만 애 말이 크게 틀린 것은 아니기에 반박할 재료도 별로 없어 이번에도 참는다.

중학교를 들어가면 부모는 벽에 가까워진다. 제때 용돈 주는 일을 뺀 나머지는 모조리 간섭이 되는 시점이라 아이의 대응도 매우 고급스러워진다.

"엄마, 중학교 공개 수업에 누가 와요. 아무도 안 와요. 제가 다 알아서 잘하니까 걱정 마세요."

막상 나중에 이야기를 들어보면 중학교 1학년 첫 학기 공개 수업에 빠진 엄마 3인 중에 내가 있다. 엄마들 뒷담으로는 '현선이 엄마 안 왔다면서? 참 애도 그런데 엄마라도 좀 오지. 무슨 근자감(근거 없는 자신감)이래?' 한다. 직장맘들은 이러나저러나 피똥 싼다.

혼란스런 중등 시절이 지나고 나면 아이는 남들 다 가는 특목고, 자사고 빼고 뺑뺑이로 전통과 역사를 자랑하는 일반 고등학교를 다니게 된다. 엄마 친구 아들, 일명 엄친아가 주변에 가득한 시대에 엄마 친아들로 승부하는 자신감으로 똘똘 뭉친 아이를 보면서 엄마는 알게 된다.

'아, 이게 공개 수업에 가는 게 문제가 아니구나. 정보는 다른 곳에 있구나!'

좀 처 럼 뚫 기 힘 든 엄 마 들 모 임

대개 엄마들 모임은 유치원 동창들부터 시작된다. 물론 엄마들이 동창은 아니다. 오히려 동창보다 더 끈끈한 아이 동창 모임이다. 여기서 시작된 결속은 초등학교로 가서 축구부와 영재 학원을 중심으로 응집화되고, 초등 고학년이 되면 각종 대회와 영재 교육원 지원을 두고 격렬한 경쟁과 더없는 친밀감을 공유한다. 그렇게 역사와 전통을 자랑하는 혈맹血盟에 외부 사람이 들어갈 틈은 없다.

엄마들 모임, 그 혈맹에 들어가기 위해서는 적어도 세 가지 중 하나는 갖춰야 한다. 하나, 아이가 누가 봐도 뛰어나 어디에 갖다놔도 부러움의 대상이 되는 경우, 둘, 타고난 고도의 관계 능력과 모임 엄마들을 대상으로 한 극진한 서비스 정책 실현이 이루어지는 경우, 셋, 무시할 수 없는 아이의 엄마, 아빠의 사회적 지위나 경제적 능력이다. 경우에 따라서는 두 가지 이상이 필요한 경우도 있고, 세 가지 모두를 갖춰야 들어갈 수 있는 모임도 있다.

직장맘이 이 모임에 들어갈 수 있는 가능성은 거의 없다. 세 가지 조건이 모두 충족된다 하더라도 정작 모임은 대낮에 브런치로 시작되기 때문이다. 브런치를 선택할 것이라면 직장을 진작에 그만뒀어야 가능하다. 이처럼 혈맹의 피를 수혈받기란 보통 일이 아닌 것이다. 어쩌다 휴가이거나 월차를 내서 모임에 나간다 하더라도 매우 심도 있게 진행된 이야기들 속에서 공통의 웃음 코드를 찾기 또한 매우 어렵다.

매일 만나는 조직으로 변화한 엄마들 모임은 지난 숱한 역동을 거치며 각 모임마다의 유머 코드를 갖고 있고 조롱의 대상도 정해진 방식으로 비꼰다. 그 와중에 엉뚱한 상식을 들이댔다가는 꼴통이 되거나 분위기 파악 못하는 엄마로 낙인찍히기 좋고, 곧 동네 엄마들의 안줏거리로 전락하는 건 정해진 순서다. 이 모임에 들어가려면 전략이 필요하고 이 모임에서 살아남으려면 더 치밀해야 한다. 너무 나서도 안 되고 너무 조용해도 안 된다. 너무 잘살아도 안 되고 너무 못살아도 안 된다. 애가 너무 잘해도 문제고 너무 처져도 안 된다. 그 모임에 있는 아이들의 평균 수준 정도의 학력과 성격과 인간관계 능력을 가져야 하고, 그 엄마 역시 모든 엄마들과의 심리적 동맹을 맺어야 모임에 참여할 허가증을 받는다.

앞선 정보를 가지고 있는 것도 모임에 기꺼이 초대되는 방법이다. 대치동에서는 이렇다 하더라, 어떤 방법으로 어떻게 그 학원에 갈 수 있다 하더라 등 다른 엄마들의 마음을 훔칠 수 있을만한 정보를 제공하게 되면 다른 모든 엄마들을 제치고 단연 모임의 왕언니로 부상할 수 있다. 그러나 직장맘이 그럴 수 있는 가능성은 본인 직업이 학원 원장인 경우를 제외하고는 제로에 가깝다. 엄마들 모임에서 직장맘은 늘 천덕꾸러기다. 한두 번이야 동정표 조로 받아주고 함께 자리를 하고 어쩌다 한두 번은 카톡의 멤버로 소식을 나누겠지만, 조금 지나 조용하다 싶으면 이미 나를 제외한 다른 모임이 따로 진행되고 있고 내가 빠진 새로운 카톡방에서 어마어마한 이야기들이 기승전결을 무시한 채 이루어지고 있다. 직장맘은 결코 면죄부를 받지 못한다.

아이가 왕따면 엄마도 왕따, 엄마가 왕따면 아이도 왕따다. 함께 어울리지 못하는 엄마는 아이들에게 어울림의 자리를 만들어주지 못하기 때문이다. 다른 아이들에게서 따돌려진 아이의 엄마는 엄마들 세계에서 저절로 밀려나게 된다. 능력이나 잘잘못 혹은 그 사람의 본래 인성은 엄마들 모임에서 큰 의미가 없다. 엄마들 모임, 그곳은 정글이다. 본격적으로 그 정글에서 살아남기 위해서는 정글의 왕 옆에 서는 것도 한 방법이 된다. 마음씨 착한 엄마와의 개인적 연락도 도움이 될 수 있을 것이다. 그러나 그 또한 결코 장기적 대안은 되기 어렵다.

이미 아이들 모임은 어려서부터 유치원 학연 모임을 가지고 있고, 초등학교에 들어와서는 축구부는 축구부라서 함께 모이고 영재반은 영재반끼리 모인다. 오케스트라도 잘하는 팀들끼리 모이고 학교에서도 공부 좀 한다는 애들은 따로 스터디 모임이 형성되어 다른 아이들은 절대 들어갈 수 없다. 다른 유치원을 나와 새로운 동네로 이사 오고, 아이가 특이한 성격의 소유자라서 축구를 하면 뛰다 죽을 거라 말하거나 악기는 남의 취미라 주장하고, 영재는 집안을 다 훑어도 없고, 아이가 공부하고는 담을 쌓은 이상 내 아이가 들어갈 모임은 눈을 씻고 찾아도 없다. 그리고 주변머리 없고 숫기도 없으며 아는 사람이라고는 경비 아저씨가 전부이고 한낮 모임을 갈 수도 없는 직장맘은 교내 모계 왕따가 된다.

아이의 성적은 엄마의 정보력에
비례한다

지식 기반 사회에서 정보가 가진 힘은 과히 대단하다. 이 사회 교과서 내용 같은 이야기가 엄마들 사이에서 어느 정도의 영향을 미치는지를 안다면 자다가도 벌떡 일어날 것이다. 질문에 굳이 답을 하자면, 정보 사회에서 정보는 힘이자 커뮤니케이션의 재료이며, 정보가 지식 생산으로 이어지고 산업으로 확장되어 결국 인간의 지적 창조력을 증명하는 결과물이 된다. 즉, 정보는 정보 사회에서 처음이자 마지막이고 힘이자 길이고 생존의 에너지이자 번영의 지름길이다.

엄마들 사회에서 정보의 힘은 20세기 냉전 시대 구소련과 미국의 끊임없는 첩보 내용보다 중요하고, 21세기 아이폰과 안드로이드 간 경쟁에서 승기를 잡는 궁극의 힘보다 더 중대하다. 누가, 어떤 정보를, 얼마나 가지고 있는지에 따라 엄마들 내에서 권력 구도도 달라진다.

이미 알려진 바대로 아이를 SKY에 보내기 위해 필요한 3대 조건이 있다. 할아버지의 경제력, 엄마의 정보력, 아버지의 무관심이 그것이다. 물론 거기에 본인의 체력과 동생의 희생이 추가되면 그 아이는 하버드를 간다는 말도 있다. 엄격하게 집중적으로 아이의 진로를 타진하는 타이거맘(호랑이 엄마 : 엄격한 엄마를 지칭하는 말)들을 중심으로 시작된 말이겠지만 말이다.

사실 아이들의 학업 성취도에 영향을 미치는 요인을 파악하는 것은 교육학의 단골 메뉴다. 어김없이 최근의 연구들이 내놓은 결과를 보면 가족의 사회 경제적 지위가 아이의 학업 성취도에 중대한 영향을 미치는 것으로 나타난다. 그 연구들을 생각해보면 직장맘들의 경우 사회 경제적 지위가 높은 편이고 부모 자녀 관계도 비교적 민주적이고 친밀하니 자녀 학업 성취도에 긍정적인 영향 결과가 있어야 할 것이다. 그런데 이상하게도 우리 아이가 열심히 공부를 하는 데 2% 부족한 이유는 무엇일까?

SKY 합격을 위한 3대 조건을 살펴보자면 일단 애들 할아버지는 돈이 없다. 결혼할 때도 신통치 않았던 살림이 손자를 본다고 늘어날 가능성은 거의 없다. 오히려 달마다, 행사마다 자동 이체와 송금을 반복하는 건 아들, 며느리인데 무슨 놈의 할아버지의 경제력인가. 치매 수발이 걱정인 판에 경제력은 꿈꿀 수도 없다. 다른 집 할아버지는 반포에 아파트를 사주니, 도우미 아주머니를 붙여주니, 손자들 과외비로 매달 100만 원을 주니 어쩌니 하지만, 이런 집이 얼마나 있을지는 잘 모르겠다. 아무튼 평범한 가족 사정이 아니란 것만은 확실하다.

그럼 흔히 말하는 엄마의 정보력 문제인가? 수능 문제를 제대로 집어내는 족집게 과외 선생과 SKY 최고 합격률 학원 선점, 수능 전형에 따른 합격 여부를 판단할 컨설턴트 확보가 관건이다. 이 정도를 못해주면 엄마는 제 역할을 하지 못하는 것이라는 건데, 그렇다면 대부분의 직장맘들은 몸이 열 개가 아닌 이상 제 역할을 잘 못하고 있을 게 분명하다. 반 모임이라도 제대로 나가면 어느 정도 안다지만, 공개 수업도 간신히 참여하는 직장맘들에게 낮 시간에 이루어지는 브런치 반 모임의 핵심에 다가가기란 매우 어렵다.

세 번째로 아버지의 무관심 이야기가 나와서 말이지만 사실 요즘 아빠들은 참 다정하고 살가운 경우가 많다. 아버지로서의 역할이 친구 같은 아빠인 프랜 대디(friend+daddy)가 유행인 때도 있었고, 가사에 적극 참여하는 홈 대디(home+daddy)가 한창인 때도 있었지만, 지금은 누가 뭐래도 하우스 대디(house+daddy)다. 아내를 생활 전선의 최전방으로 보내고 남은 모든 가사와 육아를 책임지는 그야말로 트로피 남편들이 탄생하는 시대다. 아내의 성공과 자녀의 성취는 이제 아버지의 몫이 되어가는 시대가 되었다.

강한 팔뚝과 힘찬 역동성으로 소파 밑까지 완벽한 청결을 보장하는 가사 노동의 대부이자 남자 특유의 활동성이 담보된 아이들과의 놀이와 교육은 여자들도 놀랄 정도다. 이런 하우스 대디들을 보면 본래 모계 사회에서의 역할이 이제 신모계 사회에서 새로운 형태로 부활하고 진화하고 있는 것이 분명하다.

미국 여자 CEO의 30%는 하우스 대디, 즉 트로피 남편을 통해 명함이 유지되고 있다니 참으로 세상이 달라졌다. 우리나라도 예외는 아니다. 2005년만 해도 11만 6000명이었던 트로피 남편, 하우스 대디는 2010년이 되면서 15만 6000명이 되었고 2014년에는 20만 명이 넘어서고 있다. 남자들이 가정에서의 역할을 늘리거나 혹은 전적인 책임을 맡아 살림, 그야말로 집안을 살리고 있다. 다만, 이런 열정의 아버지와 용기의 남편도 끼어들기 어려운 현장이 있다. 바로 아이들의 교육 현장이다.

집안에서 가장 고학력일 가능성이 높은 아버지가 교육을 전담하며 3남매를 그야말로 폼 나게 키우고 있는 친구네 집을 보면 그저 놀라울 뿐이다. 안타까운 것은 교육이다. 진로에 필요한 정보를 얻는 데에 무한 한계를 느낀다는 것이 그 부부의 고백이다. 아버지의 애정 어린 관심으로도 뚫을 수 없는 강력한 벽을 아빠의 무관심이 뚫고 들어간다는 것이 언뜻 보면 말이 되지 않는다고 생각할 수 있다.

아버지의 무관심이 무엇에서 기인했는지 살펴보면 말 그대로 눈물 없이 볼 수 없는 드라마가 시작된다. 아버지의 무관심과 동시에 나타나는 말이 '헬리콥터맘'이다. 헬맘이라고 불리는 이 헬리콥터맘들은 헬리콥터처럼 자녀 주위를 맴돌며 일마다, 사건마다 간섭하고 결정에 관여하는 엄마를 말한다. 유치원에서 초중고를 지나 대학, 대학원, 결혼과 잠자리, 자녀 계획뿐 아니라 성인이 된 자녀들의 노후 준비까지 개입하니 그야말로 요람에서 무덤까지 풀 서비스로 간섭한다. 헬리콥터맘이 지속적으로 개입하는 삶을 산다는 것은 아이 입장에서 보면 편안하기도 하겠지만 끔찍하기도 하다. 사람은 자신의 사고 범주와 상상을 넘어서지 못하는 존재이니 아이는 잘 돼봤자 엄마일 테니 말이다. 아이에게 있어서 이런 엄마는 '헬맘hell mom'인 셈이다.

헬리콥터맘은 무슨 근자감으로 아이들의 미래를 책임질 사람은 나뿐이라고 생각하는 걸까? 사람은 누구나 부족한 존재이고 제한된 정보 속에서 짧은 지식으로 무엇을 선택할지를 고민한다. 그렇다면 아이의 미래를 전적으로 조각하듯 만들어내는 이 헬맘들은 전능감에 빠진 정신 나간 엄마들인가? 사실 헬리콥터맘들의 심리를 돌리는 연료는 불안이다. 헬리콥터맘들은 99%가 전업 주부인 경우가 많은데 그렇다고 해서 전업 주부들이 모두 불안해한다는 말은 아니다. 전형적으로 아이의 모든 것을 책임져야 하는 전업 주부들은 불안을 담보로 한다. 혹시라도 아이가 잘못되면 고스란히 주양육자인 전업맘의 책임으로 돌아가기 때문이다. 특히 아이의 교육을 하나의 미션으로 부여받은 전업맘들에게 아이에 대한 강박은 증가할 수밖에 없다.

아이의 미래에 대한 엄마의 책임 비중이 커지면 커질수록 헬리콥터맘의 아이 관여는 커질 수밖에 없다. 이는 심리적으로는 악순환의 구조이며 그 끝은 매우 거칠고 고통스럽다. 남편의 사랑이 필요한 엄마의 심장 속에 아이가 자리를 잡으면서 엄마는 아이에게 집착을 보이는데,

엄마의 자연스런 놓음이 필요한 아이에게 엄마의 속박은 의존의 강화를 낳게 된다. 엄마와 아이의 이런 병리적 심리 결합에 아버지는 들어올 틈이 없어지게 된다. 엄마는 아이를 붙잡고 아이는 엄마에게 매달려 있고 아버지는 뒤돌아서 있는 이 그림은 주로 내가 진행하고 있는 EBS '달라졌어요'에서 자주 보는 고통스런 가정의 단면이다.

강 남 돼 지 엄 마 , 나 는 그 냥 돼 지 엄 마

'강남 돼지 엄마' 하면 강남에 한 집이 있는데 그 집 애가 엄청 뚱뚱하고 엄마는 아이의 특성에 따라 그렇게 별명이 붙었나 보다 싶을 것이다. 특징에 대한 명명임에는 틀림없지만 강남 돼지 엄마를 그렇게 알았다가는 큰코다친다.

'돼지 엄마'란 돼지가 새끼들을 끌고 다니듯, 자녀를 명문대에 보내기 위해 투자를 아끼지 않는 엄마들의 대표를 뜻하는 은어로서 그룹을 주도하고 멤버를 결정하는 돼지 엄마가 아이들의 성적에 따라 아이와 엄마의 계급을 나눈다. 돼지 엄마의 한마디는 현직 대통령도 숨죽이게 할 만큼 현장에서의 권력이 대단하다. 돼지 엄마의 한마디에 정보를 얻을 수도 있고 무리에서 꺼져야 하기도 한다.

뭐가 그렇게 대단하기에 저러나 싶겠지만, 돼지 엄마 밑에서 자라고 있는 엄친아의 현실을 보면 저절로 존경 어린 시선과 자동 허리 숙임 증상이 나타난다. SKY를 보내기 위한 모든 안목이 돼지 엄마의 안에 있기 때문이다. 과목에 따른 학원과 맞춤 강사를 알아보고 섭외하는 탁월한 능력, 아이의 특성을 정확히 파악하여 적재적소에 아이를 배치시키고 아이에게 위기가 생겨나기 전에 알아보는 예지력까지 갖추고 있다. 학교에서 선생님들을 주무르는 방식은 세기의 스파이 제임스 본드의 뺨을 치고 환상적인 교섭 능력으로 교장 선생님의 추천서까지 우아하게 받아낸다. 돼지 엄마가 형성한 스터디 모임에 속한 아이들의 엄청난 스펙과 시험 결과를 보면 SKY뿐 아니라 하버드도 코 후비며 들어갈 수 있을 정도다. 정보 좀 있다는 엄마들도 감히 대적할 수 없는 그야말로 무림의 고수다.

돼지 엄마의 사랑은 곧 은총이고 정보이고 아이의 미래이기에 새끼 돼지 엄마들은 김장철이면 김장 해다 바치고, 돼지 엄마가 왕림하기 전에 최상의 모임 장소를 예약하고, 사향 고양이가 배설한 커피콩으로 만든 신선한 루왁 커피를 공수한다. 현란한 언어유희로 그분의 마음을 기쁘게 하며 시선이라도 한 번 받아보고자 온 마음과 정성을 다해 충성과 사랑을 맹세한다. 돼지 엄마의 눈빛은 세상을 움직이는 창조적 에너지요, 돼지 엄마의 손짓은 SKY의 문을 여는 거룩한 움직임이다. 그녀의 말씀은 바로 입시의 알파와 오메가다. 시바의 여신을 모시듯 사랑에 빠지는 새끼 돼지 엄마들이 돼지 엄마에게 명품 가방이라고 아까우랴. '별것 아니지만'이라고 말했던 500만 원짜리 C사 가방쯤은 약소한 순정일 뿐이다. 그녀의 정보의 값은 명품에 비할 수 없는 보석이고 모든 정보 중 최상의 정수다. 내 아이가 SKY를 갈 수 있다는데 간 좀 빼주면 어떻고 쓸개 좀 빼주면 어떤가.

이런 무한사랑의 게이지가 적정 선으로 올라가면 돼지 엄마가 말한다.

"이 세상의 무식한 것들은 가라. 곧 SKY의 문이 활짝 열리리니. 따르라. 합류하라. 이 돼지 엄마가 이루어주리라."

입시 전문가들 뺨칠 정도의 정보력과 친화력 그리고 탁월한 리더십으로 아이가 찍소리 안 하고 엄마의 놀라운 전략을 전적으로 받아들이게 하고, 학원 선생님들의 로비를 받아가며 학원 발전에 이바지하고, 교사들의 90도 인사를 받으며 모든 학업 수행에 보이지 않는 손으로 작용한다. 물론 이 능력을 두고 손가락질하는 세인들도 있다. 그러나 신경 쓸 필요 없다. 그렇게 욕하는 사람들도 속을 뒤집어보면 좋은 대학에 들어가지 못해 안달이니 정작 대면하는 순간 가장 큰소리로 인사하고 가장 큰 충성을 보일 것이다.

물론 직장맘들에게는 그냥 '카더라'이고 '뉴스'일 뿐이다. 직장맘은 돼지 엄마를 만날 수 없다. 아니, 돼지 엄마는 직장맘들을 만나주지 않는다. 돼지 엄마를 둘러싼 숱한 정치 세력들을 모두 한칼에 해치우고 10일쯤 전일 휴가를 내어도 그것은 불가능하다. 새끼 돼지가 되기 위해서는 적어도 수행 비서 역할 정도는 기본이 되어야 하고 어떠한 변명도 없는 일절 충성이 가능해야 하니 한시적인 충성밖에는 할 수 없는 직장맘들은 해당 사항이 없다.

돼지 엄마를 따라다니지 않더라도 내 자식이 멀쩡하고 잘하면 무엇이 문제이겠는가? 돼지 엄마 이야기를 카더라 통신으로 듣고 '아, 그런 세계가 있구나!' 하고 집에 들어와보면 그 돼지 엄마 전설은 남의 나라 이야기라는 것을 잘 알 수 있다. 현관문을 열자마자 냉장고에서 경보음이 나도록 구석구석 뒤적거리다 뒤쪽에 숨겨놓은 먹다 남은 케이크를 먹고 있는 아들을 보게 된다. 입에 케이크가 한가득이라 '다녀오셨어요'가 '다 먹을래요'로 들린다. 이미 학원 시간도 늦었는데 천하태평인 아들을 바라보며 저 인생에게 먹는 것 말고 무엇이 중요할까 진지하게 생각하게 된다.

물론 나도 강남 돼지 엄마가 아니다. 다른 엄마들처럼 입시의 핵심이라는 정보를 제대로 얻어오지 못하는 데 대한 미안한 마음도 있지만, 사실 2800개나 되는 입시 전형을 어찌 다 알겠는가. 그리고 아무리 입시 전형을 꿰뚫고 있어도 자식이 된장이면 끝일 뿐이다. 끊임없이 먹고 있는 아들을 보며 혼자 읊조린다.

"강남엔 돼지 엄마, 난 그냥 돼지 엄마…"

통제 불가,
스마트폰과 인터넷

집집마다 1년 동안 아이에게 스마트폰을 두 개 이상 사준 집들이 많을 것이다. 분실이나 고장에 의한 것이라기보다는 분쇄와 파괴에 의한 구입이다. 좀 더 안전하고 빠르게 연락할 수 있도록 그리고 못마땅하지만 친구들과의 네트워크가 필요하다니 최소한으로 쓰라고 어쩔 수 없이 스마트폰을 사줬더니, 이건 뭐 스마트폰 안으로 그 큰 얼굴이 들어가게 생겼다.

처음 스마트폰을 사줬을 때는 조건이 있었다. 공부를 열심히 하겠다는 조건, 하루에 두 시간만 하겠다는 조건, 학교에는 가져가지 않겠다는 조건이었다. 그러나 막상 아이의 손에 스마트폰이 들어가자 공부는커녕 학원 가는 길에도 그놈의 스마트폰을 보면서 가느라 늘 지각이고, 하루 두 시간은커녕 잠은 자나 싶을 정도로 새벽을 허옇게 지새우고 결국 늦게 일어나 학교에 지각하고, 학교에 가져갔다가 선생님에게 빼앗기고 벌점을 받는다. 스마트폰 문제로 집안에서 큰소리가 나면 좀 줄이는 듯하다가 이내 스마트폰을 들고 화장실로 사라진다. 일단 화장실에 들어가면 상황은 더 심각해진다. 아들에게 급작스런 변비가 온 것인지 들어가면 최소 30분에서 길 때는 1시간이 넘도록 나오질 않는다. 이런 상황까지 오면 전쟁이 시작된다.

스마트폰을 압수하기도 하고 사용 정지 신청을 하기도 한다. 그러나 그런 강력한 방법도 얼마 못 간다. 도무지 연락할 길이 없는 직장맘의 심장은 타들어가고 집 전화도 잘 받지 않으니 걱정이 늘어간다. 무슨 일이 생긴 건지 학원에서는 안 왔다 하는데 연락할 길은 없고 걱정과 성질이 동시에 올라오기를 몇 번 반복하면 모든 엄마는 다시 스마트폰을 토해내게 되어 있다. 아이들이 졸라대서가 아니라 엄마들의 불안과 인내 부족이 아이들에게서 스마트폰을 뺏고 다시 내준다.

물론 아이들의 논리도 강력하다

"우리 반 아이들은 모두 스마트폰을 쓰고 있으며 SNS나 문자로 수행 평가 모임도 함께해. 더구나 반톡에서 빠지면 정보를 전혀 알 수 없어. 함께 SNS를 하지 않으면 나는 학교에서 왕따가 될 건데… 내가 왕따가 되어 매일 따돌림당하고 울면서 학교를 그만두면 좋겠어?"

논리라기보다는 협박에 가깝다. SNS의 홍수 속에 살고 있는 부모들이기에 아이의 말을 그저 무시할 수만은 없는 것이 사실이고, 부모의 불안을 건드리는 자식이 얄밉기도 하지만 아이의 불안이 이해가 가니 더 이상 스마트폰을 사주지 않을 명분이 없어진다.

곧 부모의 협상이 시작된다. 규칙을 만들어보자는 것이다.

"너 좀 잘해. 알아서 좀! 또 그러면 그때는 아예 없애버린다!"

엄마의 강력한 눈빛과 단호한 말을 들으며 아이들은 감정 전략을 정확히 사용한다. 눈빛에는 겸손의 태도로 감사와 다짐을 보이고 속마음으로는 쾌재를 부르며 스마트폰의 성공적 귀환을 위한 자축 메시지를 머릿속에 이미 구상하고 있다.

스마트폰을 돌려주는 부모의 심장은 심방마다 심실마다 서로 다른 생각이 들어찬다. '한 번 더 믿어보자'와 '뻔하지만 준다' 정도 될 것이다. 오늘도 부모에게 딜레마는 일상이다. 아이에게 스마트폰을 줘도 걱정, 안 줘도 걱정이다. 마치 필요악 같은 스마트폰이 부모에게 또 다른 딜레마를 가져다준다. 사실 필요악의 사전적 정의를 보면 '없는 것이 바람직하지만 조직의 운영이나 사회생활상 어쩔 수 없이 필요한 것처럼 여겨지는 일'이다. 있으면 좋으나 걱정, 없으면 불편하여 갖추게 되는 이런 복잡한 문명 기기를 두고 부모는 전적인 신뢰와 전적인 의심 앞에 나란히 선다.

믿음을 갖자니 자식의 무너지는 일상을 견뎌야 하고 독한 마음먹고 뺏자니 훗날이 두렵다. 스마트폰을 어디까지 허락할 것인지에 대한 중

대한 경계의 질문이 머릿속에 쏟아진다. 아이에게 스마트폰을 쥐어주면 중독적으로 몰입할 것이 뻔하다. 그리고 게임을 포함하여 각종 인터넷 사이트를 오르내리며 삶의 빛과 그림자를 보게 될 것이다. 글자만 있는 것이 아니라 동영상도 있다는 생각을 하면 부모의 머리는 더 복잡해진다. 물론 이런 혼란은 금방 사라진다. 다시 저녁 준비해야 하고 아침이면 출근해야 하니 직장맘들의 바쁜 일상은 때로는 시름을 잠시 잊게 하는 중대한 기능을 하기도 한다. 이걸 좋다고 해야 할지, 나쁘다고 해야 할지는 의문이지만…

게 임 에 중 독 된 아 이 들

애니팡이 한참 유행할 동안 스마트폰마다 난리였다. 게임을 향한 열정으로 서로 별 볼일 없는 관계들도 하트를 주고받고 난리였다. 물론 나는 주주 게임 이후 게임을 하지 않은 사람이라 애니팡은 시작도 하지 않았다. 애니팡을 했건 안 했건 간에 우리가 공통으로 느끼는 바가 있다. 애니팡, 그건 중독이었다. 애니팡을 하는 사람은 그놈의 하트를 위해 관계가 없는 이들에게도 허리를 굽신거려야 했고, 하지 않는 사람은 알지도 못하는 사람들의 쏟아지는 초대에 짜증이 나곤 했으니 말이다. 중독은 일상을 괴롭히는 습성이 있어 중독 당사자나 주변 사람들 모두에게 부정적 영향을 미친다. 그런데 이제 애니팡은 아이들에게 노인네들의 게임이 되었다.

최근 '재수생 양산 게임'이라는 별호를 가진 게임의 공식 명칭은 '리그 오브 레전드league of legend' 줄여서 '롤LOL'이다. 지난 몇 년간 청소년들과 성인들의 심장 박동 수를 조정해왔던 스타 크래프트는 이미 퇴물이 되었다. 이제는 롤의 시대다. 롤은 미국 라이엇 게임즈에서 만든 온라인 게임인데 우리나라에는 2012년부터 본격적으로 알려졌다. 전 세계 23억 명이 가입되어 있고 실제 게임을 하는 사람은 10억 명 정도다. 카톡을 통해 언제든 게임하는 사람들끼리 연락이 되고 일단 한번 시작하면 30~40분이 소요된다. 예전에는 스타 크래프트 게임을 두고 '아는 순간 곧 죽음이다'라는 말들을 했지만, 롤의 등장 이후 스타 크래프트는 빛바랜 추억이 되었다. 청소년들이 많이 한다는 총 쏘기 게임인 서든 어택, 아이들의 동심처럼 귀여운 캐릭터가 등장하는 메이플 스토리도 게임의 제왕 롤에게 자리를 내준 지 오래다. 그만큼 롤은 강한 중독성을 가지고 있다.

축구에 월드컵이 있다면 롤에는 '롤드컵'이 있다. 2014년 10월 우리나라에서 롤드컵이 열렸을 때 서울 상암 경기장에 모인 전국의 청소년이 1만 명이었고 이것을 온라인상에서 지켜본 사람들이 3200만 명이었다니 롤을 모르면 또 롤을 하지 않으면 대화가 통하지 않을 정도고, '탑, 미드, 서포트, 봇, 챔피언' 등의 단어를 하나라도 쓰면 그 아이는 롤 매니아다.

중독에 적당히는 없다. 잃을 만큼 잃고 망가질 만큼 망가져야 중독의 심각성이 인식된다. 그것이 술이건, 마약이건, 온라인 게임이건 마찬가지다. 어쩌면 우리가 직장에서 야근을 할 동안 아이는 롤로 후끈 달아 있는 상황에서도 천연덕스럽게 '공부합니다'라고 할 수 있는 것이다.

바람이 나려면 골방에서도 난다더니 마냥 엄마 말 잘 듣는 아이로 자랄 것 같던 내 아이는 롤 속에서 엄마를 잊는다. 성적이 떨어지는 건 기본이다. 롤, 그 승리의 달콤함이 성적의 긴 고뇌를 이기는 것이 당연하다. 그러니 아이들에게 '너 그렇게 살지 마라! 시간이 아깝지 않니? 도대체 뭐가 되려고 그래?' 이런 말들은 씨알도 안 먹힌다. 아이가 듣지 않으려고 하는 것이 아니라 아예 들리지 않는다. 달콤한 딸기 시럽을 앞에 두고 쓰디쓴 한약을 들이키려 할 아이는 없다.

이러다 보니 대학생들 중에는 고등학교 시절에 롤을 알았다면 자신은 100% 재수했을 것이라고 말하는 아이들이 태반이고, 실제 재수 학원 현장에서는 아직도 롤의 세계를 헤매는 아이들을 어렵지 않게 볼 수 있다. 참 어찌해야 할지 모르겠다. 아이를 묶어둘 수도 없고, 가둬둘 수도 없고, 그렇다고 인간 CCTV가 되어 24시간 아이 옆에 붙어 있을 수도 없으니 말이다.

아이의 게임 문제에 대해 속수무책인 상태도 미칠 지경인데, 아이가 게임에 빠져 있다는 사실을 알게 된 남편이 뒤통수에 대고 "집에 아무도 없으니 애들이 엉망이지!"라고 말한다. 직접적으로 나를 지칭하는 것은 아니지만, 그 말인즉슨 '당신이 밖으로 나다니니 아이가 제대로 통제가 되지 않고 어긋나고 있다, 아이가 잘못된 것은 다 당신 탓이다, 모든 책임은 당신에게 있다'라는 것이다. 머리 뚜껑이 열리는 순간이다.

"그러는 당신은 책임이 없어? 내가 일해서 가져다준 월급은 대출 이자 갚는 걸로 다 나가니 내가 하는 건 취미이고 당신이 하는 건 일인 것 처럼 생각하는 거야?"

남편과의 일촉즉발 세계 대전이 발발할 양상이 벌어진다. 그러나 그 것도 얼마 안 간다. 롤에 심취하고 있는 아들을 보면 바로 모든 분노는 아들에게로 화살이 돌아가게 되어 있다.

엄마들은 아이들의 게임에 대한 몰입이 잘 이해되지 않을 것이다. 이해는커녕 오히려 배신감을 느낄 것이다. 내가 이렇게 쉬지도 못하고 일하며 돈을 벌어 롤 따위나 편안히 하라고 컴퓨터 사양을 올려주고 앉 은자리에 방석을 사주고 한 줄 아나 싶기도 하고, 아이의 미래를 향해 저 멀리에서 먹구름이 몰려오는 환상을 보며 분노와 걱정이 뒤범벅이 된다.

그럼 집에서 롤을 못하게 하면 어떨까 생각해보지만, 동네마다 최고 사양의 컴퓨터를 수십 대, 수백 대 보유하고 컵라면까지 실시간으로 지 원되는 PC방이 도처에 널려 있다. 집에 올 것도 없이 가방을 멘 채 PC 방으로 바로 들어가는 초중고등학생들은 어디에나 있다. 멀리 좋은 사 양의 PC가 있는 동네까지 원정까지 가는 일도 다반사다. 반 아이들끼 리 롤 선수를 뽑아 경연 대회를 열고 거기서 승리하면 학교에서 왕따 문제는 모조리 해결되는 상황에 아이들의 거침없는 발걸음을 막기란 역부족이다. 아이들은 오늘도 롤을 할 것이다. 그리고 대안적 게임이 나오면 다시 그 곳으로 호적을 옮길 것이다.

야동은 어제오늘 일은 아니다. 우리도 아는 단어이고 솔직히 말해 본 적도 있을 것이다. 야한 동영상의 줄임말인 야동은 대부분 포르노그래 피를 말하는데, 구글에 들어가 검색어로 포르노, 야동만 쳐도 연령 검증 없이 실시간으로 후끈해질 수 있다. 국회 의원도 보고 직장인도 보는 야동이 왜 아이들에게는 예외가 되어야 할까?

스마트폰 앞에 만인은 평등하다. 임대한 스마트폰이건 성능이 낮은 스마트폰이건 간에 야동은 재생된다. 묻지도 따지지도 않고 스마트폰 주인의 입력 단어와 터치에 따라 바로 순종하고 모든 것을 보여준다. 수위도 상관없다. 사용자를 묻지 않는 블라인드 사이트blind site는 일단 터치가 시작되면 이어지는 다음 사이트와의 연동이 용이하게 되어 있어 우리는 터치하고 그들은 행위한다.

아이들이 작정하고 야동을 보는 경우는 많지 않다. 대부분 '우연'이라는 게 그들의 답이다. 어른들이야 의심스런 눈초리로 '과연 우연?' 하고 묻지만 때 묻지 않은 동심의 소리를 나는 믿는다. PC에서 학교 숙제를 하기 위해 검색창을 열어보면 화면 좌우로 언니들이 인상을 쓰며 도움을 요청하는 것 같고, 아름다운 도움의 심정이 움직여 클릭을 해보면 언니는 온몸이 아픈지 이런저런 소리를 내며 다른 오빠들을 불러 각종 놀이를 보여주는 경우가 많다. 장면은 자극적이고 기억은 침투적이다. 우연히 봤던 장면을 몇 개의 사이트를 거치다 보면 바야흐로 야동의 바다를 만나게 된다. 숨 막히는 야동의 바다에서 아이들의 얼굴이 상기될

동안 우리는 직장에서 상사 몰래 인터넷 쇼핑하고 있었다.

적어도 PC는 그린 아이넷이나 보안관 사이트를 동원하여 아이들을 지키는 노력을 기울이면 도움이 된다. 하지만 스마트폰은 또 다른 세상이다. 아이들은 귀신같이 보안 프로그램을 해제하거나 피해 간다. 스마트폰의 작은 창에서 경험하는 야동은 25인치 PC와는 또 다르다. 이어폰을 끼고 있어 소리를 들킬 일이 없고 인적이 없거나 꼭 잠근 방은 천혜의 방음 공간이다. 그리고 동영상의 크기도 늘였다 줄일 수 있는 바 테크놀로지가 주는 다양한 장치들로 관능의 세계를 심도 있게 경험한다.

어린 것이 발랑 까졌다고 말할 것도 없다. 우리도 비디오나 〈플레이보이〉와 같은 잡지를 통해 볼 것 다 봤다. 오히려 아이들보다 실전이 빨랐을 수도 있다. 놀 거 다 놀고 볼 거 다 보고 나서 '세상은 험하니 너는 안 된다'라는 논리는 아이들에게는 황당한 코미디일 뿐이다. 콜라, 사이다 다 먹고 "아, 시원하다" 해놓고 막상 나도 달라는 아이에게 "이건 몸에 나쁘단다."라고 말하거나, 본인은 술이 떡이 되어 "기분 좋다. 술맛 좋다. 이 맛에 술 마시지!"를 연발하며 인사불성이라는 것이 뭔지를 제대로 보여주면서 "청소년에게 술은 나쁘단다."라고 말한다면 정말 위선적인 일이다.

그러나 염려가 기우만은 아니다. 아이들이 보는 야동이 심각한 충격이 되거나 너무 이른 나이에 유희가 될 수도 있기 때문이다. 혹은 아이가 부모의 성교를 매우 퇴폐적이고 더러운 것이라 생각하게 될 수도 있다. 사랑과 감정이 모두 배제된 연출의 결과인 야동을 보면서 아직 경험하지 못한 사랑의 장면까지 오해할 수 있다는 말이다. 이뿐만이 아니다. 지나치게 자극적이고 공격적이며 생식기 중심인 야동을 보면서 성생활은 그렇게 하는 것이라는 편견을 갖게 될 수 있다. 게다가 야동을 보면서 자위행위를 하는 정도와 빈도가 지나쳐 공부와 담을 쌓는 주요 원인이 될 수 있다.

보이는 것만 걱정인 줄 알았는데 보이지 않는 것이 더 걱정스럽다. 엄마가 없는 시간과 공간 속에서 어떻게 하면 아이들이 안전할 수 있을까? 내 아이는 좀 거룩하게 성장할 수 없나? 아이를 수도원에 데려다놓을 수도 없고 눈을 가리고 모든 감각을 멈추게 할 수도 없는 노릇이다. 부모의 통제 밖에 있는 아이들의 이런 '감각 경험'을 어찌해야 할지 난감해하는 엄마들이 많을 것이다.

지금부터 할 이야기를 들어보면 야동은 걱정 축에도 끼지 못한다는 것을 알게 될 것이다. 패드립을 아는가? '드립'이라니 무슨 커피인가, 아니면 황당한 이야기에 관한 것인가? 아이들에게 패드립은 일상인 반면 부모들은 패드립을 모르는 유일한 인류다. 패드립은 부모에 대한 패륜과 애드리브_{ad-lib}의 인터넷 줄임말인 드립의 합성어 혹은 '패륜아 + 드립'을 말한다. 드립이 붙은 다른 말을 예로 들면 '개'와 같은 접두어를 붙여 개드립이라는 말을 쓰기도 하는데 일명 '헛소리 한다'라는 뜻이다.

패드립은 주로 아이들 사이에 익명으로 상대에 대한 질문을 던질 수 있는 ASK라는 곳에서 주로 이루어진다. 자신의 부모에 대한 험담과 욕설을 거침없이 적거나, 적대적 관계에 있는 아이의 ASK에 들어가 그 아이 부모에 대해 입에 담을 수 없는 수준의 욕설을 적는 경우도 태반이다. 불만이 없는 아이, 불만 가득한 아이 할 것 없이 패드립은 마치 하나의 문화처럼 부모에 대한 강한 반발을 풀어내는 하수구 역할을 한다.

아이들이 패드립을 하는 것은 사실 전대미문한 일이다. 자신의 부모에 대해 혹은 타인의 부모에 대해 공개적인 모욕을 하고 그 모욕적 발언에 대해 댓글을 달며 강도를 높이는 일은 굳이 동방예의지국이 아니더라도 어이없는 일이다. 패드립은 자신들을 성적표로 평가하는 부모 세대의 백태를 보며 할 수 있는 청소년 자녀의 미숙한 자기표현 방법일 것이다. 아이들이 자신의 부모를 폄하하고 모욕하고 분노를 지나칠 정도로 표현하는 것은 분명 문제다. 그러나 더 큰 문제는 패드립이 작렬하는 ASK를 부모들이 보는 순간이다. 모르는 게 약이다 싶을 정도로 문제는 일파만파 커지고 호적을 팔 것인가 말 것인가를 고민하게 되는 가족 분열의 순간을 만나게 된다. 혼란과 배신감을 느끼고 무섭고 징그러운 자식의 일면을 보며 부모는 모든 것을 내려놓는다.

부모들 중 아이들의 패드립을 직접 보는 경우는 많지 않다. 욕설과 모욕, 심지어 무차별적인 성적 표현을 본 부모라면 혜성이 지구에 충돌하는 일, 남편이 바람을 피우는 일, 남편이 동성애자임을 알게 되는 일이 오히려 덜 충격적일 것이다. 무엇보다 더 두려운 것이 있다. 아이들은 집에서 엄마인 나와 밥을 먹으며 웃으며 즐거운 일상을 보낸 날에도 심한 패드립을 올린다는 점이다. 내가 뭘 그렇게 잘못했는지, 엄마라는

게 뭘 그리 잘못한 이름인지, 이 말 들으려고 지금까지 희생을 감수했
는지 수많은 생각과 감정들이 별처럼 떨어진다.

죄책감 앞에서 약해지는
엄마의 마음

사람을 움직이는 힘, 그중에서도 엄마를 움직이는 힘은 무엇일까? 제발 자식에 대한 사랑이라 말하지 마라. 사랑하기 때문에 움직이는 것인지, 칭얼대니 귀찮아서 움직이는 것인지 분명치 않다. 처음엔 모성애가 우리를 움직이는 본래적인 힘이라 믿었지만 모성애는 본능이 아니지 않은가. 모성애가 본능이라면 이 세상에 버려지거나 학대받는 아이는 없어야 할 것이다.

사랑이 아니라면 무엇일까? 많은 답변이 빈칸을 채우겠지만 그중 분명한 한 가지는 엄마의 죄책감이다. 특히 직장맘의 죄책감은 하늘을 찌른다. 초유도 제대로 먹이지 못한 채 다시 출근해야 하고, 우는 아이를 강제로 떼어놓고 출근하던 아침 시간의 집안 풍경은 비극적 다큐멘터리의 한 장면이다. 첫걸음마도 보지 못했고 엄마라는 말도 할머니가 먼저 들었다. 인생에 가장 짜릿하다는 유레카의 순간을 빠짐없이 놓치고 살아온 엄마는 입이 열 개라도 할 말이 없다.

아이들이 어릴 때에는 미안하다는 말을 참 많이 했다.

"엄마가 같이 못 가서 미안해. 그래도 우리 딸 잘해낼 거야. 왜냐고? 엄마 닮았으니까!"

그것도 어릴 때나 통하는 말이다. 좀 더 커서 겨드랑이에 털이 나고 수염이 나기 시작하는 몸의 변화를 느끼는 때가 되어 엄마가 미안하다고 하면 아이들은 대답한다.

"아, 미안한 일을 왜 하시나. 그렇게 미안하면 용돈 좀 주시든가!"

마음 같아서는 뒤통수 한 대 때려주고 싶지만 어김없이 지갑을 먼저 연다. 우리는 아이들에게 뭘 그렇게 잘못한 건지…

더 비싼 휴대폰을 사 주는 엄마들의 마음

아이들도 서로 수시로 비교한다. 겉으로 비교하고 속으로 비교한다. 어느 동네에 사는지, 어느 학교에 다니는지, 어느 아파트에 사는지, 몇 평에 사는지, 아파트 가격이 얼마인지, 외국 유학을 가봤는지 안 가봤는지, 부모 직업이 뭔지… 숱한 비교 항목들이 있다. 그러나 요즘 아이들의 비교 항목 중 단연 1위는 스마트폰이다. 아이폰6를 가지고 있느니, G3캣6 셀카가 잘 먹느니, 갤럭시 노트4 사양이 어쩌니 해가며 아이들의 스마트폰을 향한 촉은 항상 살아 있다.

아이들이 커갈수록 같은 반에 스마트폰을 사용하는 친구들은 거의 100%에 가까워진다. 이때 스마트폰 사용자의 눈은 외양과 사양에 집중된다. 세계 최고의 사양을 가진 휴대폰을 가장 빠른 속도로 손에 들고 다니는 아이들이 있다. 얼리 어답터보다 돈을 버는 직장인보다 더 먼저 새 기종을 손에 쥐는 그 아이들은 누구인가? 바로 직장맘의 아들 딸들이다. 이들은 반 아이들 중에서 영순위로 신형 휴대폰의 소유자가 된다. 어떻게 이런 놀라운 일이 있을 수 있을까? 스마트폰으로 수능을 보는 것도 아닌데 부모들은 왜 한결같이 홍길동보다 빠르게 세기의 기기를 확보해올까? 이들을 움직이는 힘은 바로 죄책감이다.

아이들은 어찌 그리 부모의 심장을 손바닥 보듯 들여다보고 그 속에 있는 죄책감을 끄집어내는지 따져보면 그 과정은 생각보다 매우 간단하다. 속삭이듯 다가와 송아지만 한 큰 눈을 몇 번 껌벅껌벅하며 눈물이 맺힌 채 엄마의 눈을 바라보며 조르는 건 하수다. 진정한 새 기종 콜렉터는 엄마 한 번 바라보고 하늘 한 번 바라보고 휴대폰 한 번 바라보고 땅 한 번 바라본다. 거기에 마지막으로 한숨 한 번 쉬어주면 끝이다. 직접적인 요구보다 더 큰 기술은 사람을 생각하게 하는 것이다.

아이의 한숨을 보며 아이에게 왜 그러냐고 물으면 아이는 대답할 것이다.

"아무것도 아니에요. 휴…"

이때부터 심장은 뛰고 잠은 오지 않고 긴 밤을 새우며 아이의 깊은 한숨의 원인을 추적하기 시작한다. '내가 뭘 잘못했나? 우울한가? 친구랑

싸웠나?' 등 별별 생각을 다하다가 결국 아이의 행동을 다시금 떠올리게 된다. 나 한 번 보고 하늘 한 번 보고 스마트폰 한 번 보고 땅 한 번 보고 그다음에 한숨! 답이 나왔다. 엄마, 하늘, 휴대폰, 땅, 한숨 중에서 바꿀 수 있는 유일한 것은 휴대폰이다.

이 순간이 되면 엄마는 아이폰을 만들 생각조차 하지 않았던 젊은 스티브 잡스의 목을 비틀어서라도 스마트폰을 만들어올 것이다. 아이에게 내가 남겨놓은 빈자리에 대한 기억 때문이다. 아이가 어렸을 때 울면서 "엄마 언제 와. 가지 마."를 연발했지만 직장맘들의 상황은 여의치 않았던 터라 "엄마 저기 갔다가 금방 올 거야."라고 아이에게 거짓말을 밥 먹듯이 했다. 그러면 아이는 속으로 '오긴, 개뿔!' 한다. 상황에 밀렸든 다른 무엇 때문이었든 직장맘들에게는 아이와 함께한 절대 시간이 너무나 부족했던 것이 사실이다. 시간의 빈자리는 사랑의 빈자리가 되고, 아이의 지나가는 표정도 직장 다니는 엄마라는 죄인에게는 쉽게 잊혀지지 않는다. 이런 다하지 못한 사랑의 자리를 죄책감이라고 부른다.

내 딸의 어린 시절 장래 희망은 전업주부였고 아들의 장래 희망은 정규직이었다. 늘 엄마오기만을 그야말로 학수고대하며 엄마가 집에 들어오는 소리만 들리면 자다가도 벌떡 일어나 '엄마'를 크게 부르며 안기고 냄새 맡고 살을 비비고 이내 베개를 들고 와서 엄마의 큰 엉덩이에 자신의 짧은 다리를 있는 대로 뻗어서 올리고 자던 딸이었다. 수다쟁이 아들은 자다가 벌떡 일어나 유치원에서 있었던 일부터 시작해서 한없이 종알거리는 통에 아이 말소리가 자장가가 되는 일이 태반이었다. 그러나 청소년기에 들어서면서 딸은 '엄마의 빈자리는 상처가 된다'라고 말하고 아들은 '엄마의 빈자리는 현금이 채울 수 있다'라고 말한다. 이 시점이 되면 엄마는 아이들에게 무엇이든 해주려고 한다.

다만 죄책감에 대한 '보상'으로 뭔가를 하려 하다 보니 급하게 한 밥은 타기 마련이라 꼭 문제가 생긴다. 엄마는 뇌의 온도가 올라가면서 냉정과 열정 사이의 애매한 곳에 서게 되고, 곧 필요 없는 일까지 하게 되고, 심지어는 해서는 안 되는 일까지 기꺼이 하게 된다. 엄마의 죄책감은 판단의 경계를 지우고 이성의 통제를 비웃는다.

이렇게 조그만 꼬맹이에게 꼼짝없이 붙들려 있게 하는 부모의 죄책감은 무엇일까? 부모의 죄책감은 부모는 이래야 한다는 당위를 충분히 채우지 못하거나 주변의 강력하고 지속적인 비난에서 태어난다. 부모는 자녀에게 모든 것을 줘야 하고 모든 시간을 내야 하고 그러면서도 절대 보상을 바라지 말아야 한다는 '부모 신화' 속에 살아가는 사람들에게는 부모 죄책감이 들이닥칠 수밖에 없다. 신들의 이야기인 신화를 마치 우리의 삶에서 꼭 해야 할 십계명처럼 여기고 살아야 하는 부모들에게 신화가 제안한 답에 도달하지 못한 값이 죄책감이다. 여기에 주변에서 끊임없이 환청처럼 들려오는 말들이 있다.

당신이 엄마로서 한 게 뭐가 있어?

엄마, 이번에도 학교에 못 와? 다른 애들 엄마는 다 오는데 엄마는 또 안 와?

에미야. 애들은 엄마 하기 나름이다.

　모두가 다른 음성으로 '이건 다 네 잘못이다, 그건 다 너라는 형편없는 엄마 때문이야'라고 같은 말을 되풀이한다. 의미 있는 사람들의 반복적인 자극은 개인에게 반드시 중대한 심리적 의미를 만들어내고, 결국 비난의 모양으로 사람의 마음에 새로운 죄책감의 자리를 만들어낸다. 감정적인 협박이다.

　이런 협박이 반복되면 거의 모든 사람들은 단계에 따라 반응한다. 처음에는 '그건 사실이 아니야!'라고 스스로 다짐하며 거울을 쳐다보고 힘을 내보고, 두 번째 단계에는 분노가 일면서 '나한테 왜 그래!'라고 강하게 반박한다. 세 번째 단계가 오면 '좀 더 지켜봐달라, 잘하려고 애쓰고 있다'라고 타협안을 제시하고, 네 번째 단계에 도달하면 '난 왜 이럴까, 난 정말 형편없는 사람인가 봐, 내가 잘못한 게 맞아'라고 자백하게 된다. 그러다 마지막 단계에 도달해 '내가 잘못했으니 그 벌을 달게 받아야겠지…' 하며 무엇이 문제인지 물을 힘도 없이 모든 상황을 그대로 받아들이게 된다.

　이 단계들을 거치고 나면 내 마음과 의지와 생각은 전혀 개입할 수 없다. 자격이 이미 박탈된 후다. 죄책감이 모든 상황을 좌지우지하고 마음의 마왕이 되어 우리를 조정하고 움직인다. 이때부터 우리는 마음에 내키지 않는 요구에 저항 없이 응하게 된다. 분명 거절해야 하는 것을 알면서도 그저 죄책감이 이끄는 대로 승낙하고야 만다. 특히, 아이를 향한 죄책감이나 아이에 대한 분노나 의무감, 두려움 등 여러 가지 이유로 분명 옳지 않은 요구라고 생각하면서도 결국 승낙을 할 수밖에 없게 한다.

우리의 죄책감이 우리를 움직이는 것 이외에 또 다른 사실이 '엄마의 승낙'의 자리에 있다. 다시 말해, 죄책감의 조정자, 리모콘 소유주를 발견하게 된다. 바로 아이들이다. 우리가 가장 약한 존재로 여기고 있고 나 때문에 제대로 된 사랑을 받지 못한다고 생각했던 그 '피해자'는 실은 '교묘한 조종자'다.

아이들은 부모의 죄책감을 정확하게 읽어내고 이용한다. 친근감을 사이에 두고 죄책감을 무기로 엄마를 움직인다. 아이가 이런 감정적인 협박을 할 만큼 간절하게 바라는 것이라면 엄마는 심장이라도 내주게 된다. 적어도 죄책감을 지닌 죄인에게는 기꺼이 요구를 받아들이고 조용히 갈등의 역동에서 벗어나는 것이 바람직할 것이다.

아이의 요구에 부응하지 않거나 협박에 반응하지 않게 되면 이후에 불어닥칠 후폭풍은 매우 참담하다.

"엄마가 나한테 해준 게 뭐가 있어! 엄마가 그러고도 엄마야?"

엄마로서의 모든 자존감과 정체감이 무너지는 순간이고 아이와 나 사이의 관계는 완전히 붕괴되어버린다. 엄마들은 선택의 기로에 선다. 아이의 말을 들어준다고 죽는 것도 아닌데 그 요구를 들어주고 무사히 이 위기를 넘길 것인가, 아니면 엄마의 정체성을 들먹이며 관계를 청산하겠다는 아이와 투쟁의 국면으로 들어갈 것인가?

이때 쓰는 말이 답정너다. 즉, 답은 정해져 있으니 당신은 대답만 하면 된다. 어차피 죄책감은 우리에게 선택을 허용하지 않는다. 죄인에게 투쟁의 기회란 없기 때문이다. 이 순간의 투쟁은 가족 존립의 위기나 파국으로 치달을 수 있기 때문이다.

요구하고 저항하고 위협하고 굴복하는 패턴은 늘 반복된다. 이 반복되는 삶을 사는 직장맘, 아니 죄책감의 주인공들은 교묘한 조정자들에게 속수무책으로 당할 수밖에 없다. 외형으로는 '사랑'이라는 이름으로, 사실상은 '죄책감'이라는 이유로.

아이들이 사용하는 협박의 방법도 가지가지다. 삐뚤어질 테다 하는 일탈 선언형도 있고, 밥을 안 먹겠다는 자학형도 있고, 송아지 같은 눈에서 눈물을 뚝뚝 흘리며 엄마의 심장에 정확히 감정 총알을 쏘는 피해자 코스프레형도 있고, 이 요구를 들어주면 앞으로 이렇게 저렇게 잘하겠다는 협상형도 있다. 유형별 구분도 가능하지만 사례별로도 다양하다. 의도적이건 무의식적이건 엄마의 의도를 교묘하게 조작하기도 하고, 엄마가 문제가 있다는 진단을 내려 졸지에 우리를 정신병 환자로 몰기도 한다. 제3자를 끌어들이는 일도 다반사이며 다른 엄마와의 비교도 서슴지 않는다. 그것이 무엇이든 간에 이 잔혹한 협박꾼들을 고소할 수도 없는 노릇이다. 아이들의 의도를 눈곱만큼도 읽어내지 못하고 훈련받은 개마냥 조건 반사를 보이고 이내 요구를 수락하니 말이다. 수락한 후에야 비로소 뒤통수를 맞은 듯한 느낌을 받는 엄마들의 감각이 무딘 죄, 아이들의 의중을 알아차리지 못한 죄 또한 크다.

어떤 유형이나 사례를 불문하고 공통적으로 이건 협박인데 우리는 왜 이것을 협박이라는 사실을 잘 알아채지 못하는 것일까? 빨리 알아 채고 아이의 눈을 똑바로 쳐다보며 안 된다고 말하지 못하는 이유는 죄책감이 우리의 눈을 가리고 귀를 막고 생각에 재를 뿌리기 때문이다. 판단 정지, 이것이 바로 죄책감의 부작용이다.

우리가 아이들에게 알면서도 속고 잘하면서도 죄책감을 느끼는 이유는 다양하다. 엄마 자신의 어린 시절 기억 속에 남아 있는 숱한 약점들, 거대한 인정 욕구가 무너졌던 무수한 경험들, 부모 사랑을 한 번도 제대로 받지 못하고 커왔던 시절의 아픔들 그리고 못 이룬 나의 욕망 등 수많은 이유들과 사연들이 죄책감의 일부를 채우고 있다.

나는 왜 이렇게 심각한가? 나는 왜 이렇게 멍청한가? 그리고 나는 왜 늘 당하는가? 심지어 애들한테까지. 속 터지는 질문들을 앞에 두고 으름장 한 번 놓을 수 없는 게 엄마라는 직함이다. 언제까지 이렇게 살아야 하는지 가끔 막막할 때가 있다.

아 이 에 게   미 안 하 다   하 지   마 라

요즘 상담을 받으러 오는 내담자들은 묻지도 않았는데 하나같이 과거 이야기를 쏟아낸다. 한참을 듣다가 왜 갑자기 어린 시절 이야기를 꺼내느냐고 물어보면 "상담 방송을 보니까 어린 시절의 기억 때문에 지금이 힘든 거라고 하더라고요. 저도 가만히 생각해보니 그런 것 같은데 어떤 것이 상처였는지 잘 모르겠어서 여쭤보려고요."라고 답한다. 하지만 하나를 가지고 열을 아는 것으로 착각하면 위험하다.

성인기 모든 문제에 어린 시절이 관여하는 것은 아니다. 성인은 새로운 선택을 할 수 있는 사람들인데 왜 그리 어린 시절 귀신에 잡혀 사는지 모르겠다. 물론 어린 시절을 탐색하는 것이 필요한 경우도 있지만 이는 전체 상담의 30%도 채 되지 않는다. 그래도 어린 시절 탐색을 하자는 내담자가 전생을 알려달라는 내담자보다는 고맙긴 하다. 가끔 전생을 알려달라는 내담자들을 보면서 '저분들이 나에 대한 믿음이 크구나.' 하는 생각이 든다. 어제 일도 가물가물한 나에게 누군가의 전생을 물어본다는 사실에 길을 걷다가도 웃음이 나온다.

어쨌든 우리들, 특히 엄마들은 왜 그리 자신의 어린 시절을 파헤칠까. 고학력 엄마들이 가득한 요즘 세상에 새로운 선택이란 없는 건가 싶을 정도다. 상담 현장에서 아이가 심각한 경우는 많지 않다. 대개는 엄마의 문제이거나 엄마의 해석 혹은 불안이 상황에 더 중요한 요인이 되는 경우가 많다. 엄마들은 아이들과 대화를 많이 하고 싶지만 대화가 어렵다고들 한다. 그리고 그 이유는 자신의 부모들과 대화를 별로 해본 적이 없어 자신도 아이들과의 대화가 어렵다고 말하며 눈물을 흘린다. 물론 어느 정도 맞는 말이고 공감할 수 있는 부분도 많다.

그러나 전국의 모든 또래들을 모아놓고 물어보길 바란다. "우리 집은 365일 웃음꽃이 피고 대화를 통해 모든 문제를 해결해요." 하는 가족이 얼마나 있는지 그리고 "저는 어려서부터 부모님과 흉금 없는 대

화로 눈곱만큼의 상처도 받지 않았답니다."라고 대답하는 사람이 있는
지 말이다. 밖에 나가면 온통 피해자들뿐이다. 스스로를 피해자라 말하
는 사람들이 집단을 이루고 거리를 걸어 다니고 있다. 가해자는 죽은
부모들이거나 늙어서 사실상의 권력을 잃은 노인네들일 것이다. 그리
고 또 한 명의 가해자 그룹으로 지금의 부모, 바로 내가 있을 것이다.

'내 부모에게 배우지 못해 나도 아이와 대화를 못 한다'는 누구의 잘
못인가? 내 부모의 잘못 같기도 하고 내 잘못 같기도 하고 둘 다 잘못한
것 같기도 하다. 이 세상은 잘 돌아가고 있는 것 같은데 왜 이렇게 잘못
한 사람들, 가해자들이 많은가? 실제 피해자가 있기는 한 건가? 피해자
는 가만히 있는데 가해자가 나서서 자복하고 회개하는 이 사회가 과연
정상인 건가 의심이 든다.

어떤 가정이 행복한 가정이고 어떤 가정이 괜찮은 가정인지 생각해
보자. 좀 더 근본적인 질문으로 무엇이 행복이고 무엇이 괜찮은 것인지
를 자문해보자. 사람들은 마치 행복이라는 망상 장애에 걸려 있는 듯
하다. '행복병'이랄까? 많은 사람들이 내게 "당신에겐 무엇이 행복입니
까?"라고 물어보는데 난 늘 같은 대답을 한다.

"행복이요? 별일 없으면 행복한 겁니다. 인생에 짜릿한 날은 원래 많
지 않아요. 그냥 별일 없으면 그게 행복한 겁니다."

힘든 일 있을 때 전화 걸 1인만 있으면 꽤 괜찮은 인생을 산 것이고,
고통 속에 괜찮으냐고 전화해주는 1인이 있으면 나름 멋진 삶을 산 것
이다. 어떤 사람들은 "나는 친구가 100명이고 재산이 100억이고 집이

100평이오. 그래서 행복하오."라고 말할지 모르겠지만, 행복은 매우 사소한 것이고 매우 순간적이라 별일 없으면 그만이다. 가끔 아이가 웃어주면 순간 행복하고 남편이 립 서비스로 "오늘 예쁘다, 당신!" 하면 빈말이라도 행복한 것이고 지나가다 돈을 주워도 행복한 일 아닌가? 일상이 사소하니 행복도 사소하다. 위대한 일은 위대한 자에게 맡기고 우리는 소소한 것에서 행복을 찾아야 한다.

나도 행복하고 싶고 너도 행복하고 싶고 우리 모두 행복하고 싶다. 그런데 인생엔 복병이 있기 마련이다. 세상엔 나보다 젊고 예쁘고 날씬한 여자들이 도처에 널려 있고, 집 주변엔 온통 엄친아, 엄친딸뿐이고, 남편은 가끔 남보다 못한 인간처럼 굴고, 하필이면 최악의 인간이 같은 부서의 직장 동료로 내 옆에 앉아 있고, 열나게 일해도 성과가 나지 않아 상사에게 쪼이고, 시어머니는 나를 못 잡아먹어 안달 난 사람처럼 구는 등 숱한 복병들이 많다. 그중 최고는 자식이다.

이래저래 잘하든 못하든 어떤 일을 꾸준히 열심히 하다 보면 대부분은 성과가 난다. 인정받고 승진도 하고, 못된 직장 동료는 운 좋게 다른 부서로 옮겨가고, 상사는 명퇴를 하고, 남편은 보너스를 받아오기도 하고, 시어머니가 노래 교실에 정신이 팔려 며느리에게 관심을 완전히 끊어버릴 수도 있다. 그러나 자식에 대해서는 도무지 성과가 나지 않는다. 하면 할수록 자식이 상사가 되고, 시어머니가 되고, 남편이 되고, 교감 선생님이 되어 날마다 취조하고 잘못했다 말하고 요구하고 나는 뜯긴다. 아이에게는 왜 같은 법칙이 통하지 않는 것일까? 죄책감의 파워가 바로 이런 것이라면 어떻게 해야 하는지 막막하다.

해법들이 많이 있겠지만 직장맘들이 아이에게 가장 많이 쓰는 말이 '엄마가 미안해'다. 매사에 '미안 미안 미안'이다. 뭘 그렇게 잘못했는지 정말 묻고 싶다. 아이를 죽이려고 하다가 걸렸는지, 아이의 돈을 훔쳐서 유흥비로 탕진했는지, 딸의 남자친구를 빼앗아 자신의 남친으로 삼았는지… 참 뭐가 그리 미안한지 모르겠다. 이유가 무엇이든 엄마는 미안하다고 아이에게 주문을 외우듯 한다.

그러나 엄마가 미안하다는 말을 달고 사는 게 어떤 영향을 미치는지 알고 있는가? 미안하다는 말을 여러 번 반복하면 그 사과를 듣는 사람은 처음에는 '아, 저 사람이 미안하구나.'라고 생각하고 사과도 받고 위로도 나눈다. 그러나 이것이 반복될수록 '그래. 저 사람은 내게 잘못했지. 그러니 값을 치러야지.'라고 생각하게 된다. 아이의 품성과 무관하게 미안하다는 말이 과용되었을 때 언제나 나타나는 현상이다.

그리고 아이의 표정과 말과 몸짓과 같은 반응을 잘 살펴보라. 엄마의 미안 소리가 반복될수록 아이는 어깨를 펴고 말도 근엄해지고 당당한 몸짓을 갖춘다. 가르치는 자의 위엄이자 용서하는 자의 여유라고 해야 할 것이다. 그것까지도 좋다. 부모 자식 간에 미안하다 하고 사과를 받겠다고 하는 정도는 있을 수 있다. 문제는 그 뒤에 파생되는 감정이다. 엄마의 사과와 아이의 태도의 뒤에는 아이의 해석이 남아 있다. 아이는 이렇게 나에게 사과하고 실수를 반복하는 엄마에 대해 불안을 느끼고 나의 심정적 안전을 위협하는 엄마 때문에 스스로 '상처받았다'

라고 느끼기 쉽다.

심지어 엄마들이 아이에게 "엄마 때문에 네가 상처받았지?"와 같이 말하면서 자기 연민에 빠지기도 하는데 정작 당사자인 아이는 한 번도 그렇게 생각한 적 없다. 그냥 약간 속상했을 뿐인데 그것을 영원히 지워지지 않는 거대한 화상을 입힌 듯이 해석한 쪽은 바로 엄마다. 엄마 말을 듣고 아이는 전에는 전혀 생각지 못한 해석 도구를 갖게 된다.

'아, 엄마가 나에게 상처를 입혔구나. 엄마는 가해자구나.'

이로 말미암아 엄마는 아이에게 상처를 준 사람이 된다. 나에게 상처를 입힌 사람에게 남은 것은 내가 받을 보상과 보복뿐이다. 내가 받을 보상이 있기에 아이의 요구는 언제나 당당하고 이를 미루거나 거부하는 엄마는 뻔뻔한 사람이 된다. 가중 처벌의 대상이 되는 것이다. 보복이라면 일탈을 통해 골탕을 먹이거나 함부로 말하고 행동하면서 지독한 복수를 일생에 걸쳐 실시하는 것을 말한다. 아이에게 미안하다는 말을 많이 하면 할수록 엄마는 더 큰 보상과 보복을 감내해야 할 것이다.

마냥 어린 것 같은 아이들이 이렇게 무서운 존재다. 그러나 이건 부모 자식이라는 관계를 떠나서 모든 인간의 특성을 아이들도 가지고 있는 것임을 기억하라. 다시 말하자면 이건 엄마의 대응 방식과 자존감의 문제이기도 하다.

⑴ 있는 것만 활용해도 아이는 수재가 된다.

① 전업 엄마도 별 차이 없다.

- 전업주부들에게 물어보라. "우리도 다르지 않다. 당신들은 돈이라도 벌지."라고 답한다.
- 직업 유무의 문제가 아니라 격려 유무다.
- 아이에게 말하라.

  "너는 뭐든 될 거야. 넌 확실히 뭐든 돼!"

  아이들은 귓등으로 듣고 마음으로 새길 것이다. 그리고 사실 인간은 뭐든 된다.

② 주변의 도움을 적극 요청하자.

- 힘내어 요청하라. 당신이 직장맘인 걸 다 안다.
- 뻔뻔하게 요청하라. 그리고 기꺼이 감사 표시하라.
- 도움 요청과 불평은 다르다. 불평이 아니라 도움을 요청하라.

⑵ 최고의 정보는 자율감과 주도성이다.

① 정보보다 애가 공부를 잘해야 한다.

- 정보가 없다고 애가 공부를 못한 경우는 단군 이래 없다.
- 정보보다 습관을 만드는 데 주력하라.

- 공부보다 독립과 성장을 위한 정보를 먼저 줘라.

② 성적 1%의 신화는 포기하라. 그리고 그건 전업맘 애들도 어렵다.

- 신화는 레알, 즉 현실이 아니다.
- 1%는 전업맘 아이들이 아니라 머리 좋고 열심히 한 아이들이다.
- 1% 백수와 30%의 실제 중 어떤 것을 선택할지 정하라.
- 1%는 당신도 불가능한 일이다.

③ 엄마의 부재에 방점을 두지 말고 그때 생겨난 아이의 독립성과 주도성에 더 큰 의미를 두고 말하고 칭찬하라.

- 없음을 미안해 말고 있음을 즐겨라.
- 엄마 부재 시 아이의 성취를 적극 칭찬하라.
- "넌 정말 독립적이고 자신의 일을 잘 해내는구나."라고 자주 말해주고 아이가 있을 때 타인에게도 그 점을 집중 칭찬하라. 그게 피그말리온 현상이다.
- "어려운 일이 생길 때는 엄마가 제일 먼저 달려갈게."라고 말하라. 설사 그렇게 못하더라도 심리적 안정을 만들어줘라.

⑶ 규칙과 약속의 차이

① 어차피 직장맘이라서가 아니라 애들은 다 패드립 친다.

- 아이의 불만은 부모의 종류를 가리지 않는다.
- 가족회의를 자주 하여 아이들이 의견을 내도록 하고 그 의견을 적극 수렴하라. 가족이 돌아가며 의장을 하라.

- 아이들의 일탈에 놀라지 마라. 모든 아이들은 일탈한다. 부모가 모를 뿐이다.

② 약속의 틀을 정하라.

- 시시콜콜한 약속은 하지 마라. 어차피 당신이 못 지킨다.
- 큰 약속의 틀을 만들어라. 세부 항목은 아이들이 채우도록 유도하고 엄마 주도 약속은 최소화하라.
- 약속을 지키지 못할 때는 좀 더 힘내자고 격려하고 잘 지켰을 때는 있는 힘을 다해 칭찬하라.
- 규칙과 약속은 사랑의 굴레 속에 유지된다.

⑷ 엄마 자기 효능감

① 엄마는 아이에게 항상 영웅이다.

- 스스로를 낮추지 마라. 애들은 반드시 엄마를 얕보고 부끄럽게 여긴다. 직장맘의 겸손은 미친 짓이다.
- 아이들에게 기꺼이 유능감을 자랑하라. "너희들은 이런 엄마를 둬서 좋겠다."라고 말하라. 혀를 차던 그 입으로 자랑하고 다닐 것이다.
- 영웅의 피는 반드시 흐른다.

② 심리적 보호가 실질적 보호보다 훨씬 중요하다.

- 24시간 보호할 수 있는 부모는 없다.
- 마음의 심줄을 강하게 만들어라.
- '너라면 잘 해낼 것이다'를 습관화하고 '나는 반드시 네 편'을 밥 먹듯

이 주입하라.

- 격려와 확신의 말을 애들이 귀찮아해도 계속하라. 심장에 새기게 된다.

③ 쏘리는 쏘리로 남고 땡큐는 땡큐로 남는다.

- 죄인으로 살고 싶으면 쏘리라고 말하라.

- 영웅으로 남고 싶으면 땡큐라고 말하라.

- 쏘리와 땡큐를 섞어쓸 경우 쏘리를 앞에, 땡큐를 뒤에 두어라.

- "네가 클수록 성인으로서 대화가 되니 너무나 좋아."라고 말하라. 역할이 사람을 만드는 법이다.

- 아이의 일과 아이의 선행을 구분하라. 공부를 잘하거나 학원에 잘 가서 '고맙다'라는 말은 집어치워라. 아이가 해야 할 일을 잘했을 때는 "네가 할 일을 아주 잘해냈네. 애썼다!"라고 칭찬하고, 고맙다는 말은 아이가 선물을 주었을 때나 하라.